Sternenträume
Ein Sciencefiction Märchen
von Petra Teegen

AF191603

Meinen Kindern und meinen Freunden gewidmet, die mich meine Träume leben lassen

Sternenträume

Ein Sciencefiction Märchen

von Petra Teegen

© 2004 by Petra Teegen
Herstellung und Verlag: Books on Demand GmbH, Norderstedt, printed in Germany
ISBN 3-8334-1772-2

Sternenträume ... Das Vorwort

Jeder von uns träumt gern, hat Ängste und Wohlgefühle. Ist manchmal unsicher und verzweifelt, traurig oder glücklich, mutlos oder, wie man so schön sagt, ein Held des Alltags.

Gerade Jugendliche, die auf dem Weg sind erwachsen zu werden, ihr eigenes Ich zu finden, haben oft unter ihrem Gefühlschaos zu leiden. Doch tröstet Euch, auch die erwachsenen Menschen haben damit mitunter Probleme.

Das Ich entwickelt sich ein Leben lang, es schwankt zwischen Gut und Böse, zwischen Liebe und Hass, zwischen glücklich sein und Enttäuschung. Diese Gefühle lassen Euch wachsen, sie helfen Euch, Euren Weg zu finden und verantwortungsvolle, zufriedene Erwachsene zu werden. Doch ruht Euch nicht aus, wenn Ihr meint, dass Ihr „Groß" seid.

Behaltet im Herzen immer einen Teil Eurer Kindheit, er ermöglicht Euch das Träumen! Spielt mit Euren Gedanken und Eurer Fantasie, bleibt neugierig, Neugier macht das Leben bunter. Viel zu viel Menschen gehen unter im täglichen Allerlei, sind unscheinbar oder gelangweilt. Vergesst nie: Jeder von Euch kann etwas Anderes besonders gut, man kann nicht alles perfekt beherrschen. Und das ist richtig so, denn sonst wären alle Menschen gleich und das Leben nur noch langweilig. Denn Trauer und Glück, Krieg und Frieden in Euch, Liebe und Enttäuschung, das Gute und das Böse gehören zusammen.

Das Eine gäbe es nicht ohne das Andere.

Inhalt

Siya und Guruch

Terra war schon lange nicht mehr überbevölkert. Die Vermehrung der Menschenkinder wurde durch enge Gesetze stark eingeschränkt, die Regierungen hatten durch die Einführung strenger Reformen dafür gesorgt, dass jedes Lebewesen nur so lange leben durfte, wie es seine Nützlichkeit unter Beweis stellen konnte. Krankheit und Siechtum gab es nicht mehr, wozu auch? Das Leben war seit dem dritten Jahrtausend nur den gesunden, aktiven Menschen bestimmt. Es war ein System entwickelt worden, nach dem Lebenszeitpunkte vergeben wurden, die gesamte Erdbevölkerung wurde danach eingeschätzt und beobachtet.

So wurde das Gleichgewicht der Terronen bewahrt. Schmerzhaft für die Menschen von Terra, doch laut Regierung zwingend notwendig. Um nicht auffällig zu sein, fügte man sich, keiner wollte Abzüge der Lebenszeitpunkte.

Die gute und die böse Geisterwelt tat einiges dazu: Sie stammte noch aus der alten Zeit, in der Liebe und Hass das Dasein der Erdlinge beeinflusste, und, wo immer es nur ging, machten sie sich deutlich bemerkbar.

Siya, die gute Geistfrau, schenkte den Menschen lichte, tiefe, liebevolle Gefühle, sorgte für Vermehrung und das, was man vor Jahrhunderten Liebe und Erotik genannt hatte.

Guruch war der Anführer der bösen Geistwelt, der hinterlistigen, grausamen Spione und Verräter. Er war der Hass, der die Menschen im Zorn befiel, der dafür sorgte, dass es auch heute noch Mord und Gewalt auf der Erde gab. Grausam versuchte er, alles zu zerstören, was den Terronen Harmonie und Zufriedenheit brachte. Er erwischte seine Opfer durch die ihm bedingungslos ergebenen feigen Geistspione und pflanzte Hass und Mutlosigkeit in die Herzen der durch Trauer und Gleichgültigkeit verletzbar gemacht wordenen Menschen. Und er hasste Siya, die ihn einst in grauer Vorzeit abgelehnt und verbannt hatte. Sie war stark, stärker als er, doch es gelang ihm immer wieder Lücken zu finden und Grausamkeit und Kälte in das Leben mancher Menschen zu bringen, Momente der Schwäche gehörten ihm ...

Maja

Seit ihrer Geburt lebte Maja auf Terra. Sie war ein Kind des Wassers, der Natur und der Liebe, aufgewachsen am Meer unter Siyas behütenden Händen, geboren, um den Erdlingen die schöne Seite des Lebens zu zeigen und ihnen Hoffnung und Lachen zu schenken. Sie wurde durch ihre Liebe zu den Menschenkindern zu der helfenden und heilenden Basisleiterin ihres Umfeldes gemacht und behütete die Kranken, denen man schnell und auf einfache Weise helfen konnte, damit sie nicht ausgelöscht werden mussten. Ihre Fähigkeit zu heilen brachte ihr zusätzliche Lebenszeitpunkte und die Erlaubnis, unter Siyas Schutz einem dritten Sohn das Leben zu schenken.

Maja war Guruch ein Dorn im Auge, denn sie war eines der liebsten Kinder Siyas. Er hasste sie mit aller Kraft seines eiskalten Gemüts und wartete inständig auf einen Moment ihrer Schwäche.

Endlich, nach vielen Jahren gelang es ihm, ein winzig kleines Modul des Leichtsinns in die Gedanken von Majas Gefährten Guwed zu pflanzen. Guruch ließ dieses Modul, das erst nicht größer als ein Staubkorn war, wachsen, bis es durch den Kopf des Gefährten Majas polterte wie ein eckiger, nicht zu bremsender Felsbrocken. So bekam Guruch Macht über Majas Wegbegleiter.

Ziellos machte Guwed sich nun auf seinen unruhigen Weg um immer wieder neue Gefährtinnen zu entdecken und verließ eines Tages Maja und ihre Söhne. Guwed verschwand einfach. Es war ihm egal, was aus Maja und den Kinder wurde, er wusste, dass sie stark und überlegen war, sie würde es schon schaffen aus diesen Knaben junge, aufrechte Terronen zu machen. Er begab sich auf eine rastlose, niemals enden wollende Reise durch die Welten und wurde nie wieder auf Terra gesehen. Guruch hatte ihn einfach verschwinden lassen aus Majas Leben.

Siya vermochte nicht, die verlassene Gefährtin über den schmerzenden Verlust hinweg zu trösten. Aufrecht lebte Maja ihr Leben mit ihren Söhnen weiter, nur diese Kraft konnte die gute Geistfrau in Maja erhalten. Es gelang Guruch nicht, sie ganz zu vernichten, doch nun hatte er die Möglichkeit geschaffen, mit der er ihr das so wichtige Ich nehmen konnte. Er nahm es ihr mit bestialischer Freude und versteckte es in seinem undurchdringlichen System des Hasses, der gnadenlosen Dunkelheit und des Zorns. Niemals sollte Maja es wieder finden. Ihr Leben bestand fortan aus Arbeit und Opfern, aus Lachen, das oft müde klang, aus Mühe und aus Tränen um ihr verlorenes Selbst.

Lange Jahre lebte Maja so. Ihre Söhne Kooh, Arc und Mol entwickelten sich zu gesunden, kreativen, selbständigen Terronen. Maja war Stolz auf sie, dankbar, dass Siya ihr über all die langen Jahre den Mut und die Kraft für diese große Aufgabe geschenkt hatte.

Durch den Schutz und die Hilfe der guten Geistfrau war ihr die Freude an den Kindern geblieben. Nur die Liebe zu einem neuen Gefährten ließ Maja nicht mehr in ihr Herz. Sie wollte allein sein, alles selber entscheiden, wollte keine Hilfe und akzeptierte den Panzer aus Eis um ihr Herz: Liebe? Nein, nicht für sie, Guruch hatte alle Wünsche in dieser Richtung eingefroren.

Und dennoch: Siya, die gute Geistfrau, ließ Guruch nicht den Triumph des Sieges über Maja. Sie spendete weiterhin und immer wieder Gedankenkraft, kämpfte mutig und voller Geduld um die Sinne Majas und gewann so Stück für Stück über die vielen Jahre das warme, herzliche Lachen Majas zurück. Machte sie zugänglich für die Gedanken an einen Weg in ein warmes, lichtes Leben. Siya richtete es so ein, dass die Erdregierung Maja als Belohnung für ihre Leistungen in der Medizin und in der Betreuung der jüngsten Terronen ihres Gebietes zu einer Reise auf die geheimnisvolle Venus schickte.

Neugierig und sehr aufgeregt trat Maja diesen alles verändernden galaktischen Flug an. Sie hatte erkannt, was Siya von ihr erwartete, war bereit, das Gute anzunehmen und sah gespannt dieser Reise zu den Sternen entgegen. Würde sie ein neues Ich dort, in diesen unendlichen Weiten der Sternenwelten finden?

Venus

Auf der geheimnisvoll leuchtenden Venus trafen sie sich. Maja war endlich bereit, sie hatte Vergangenes akzeptiert und war nun voll neugieriger Erwartung und willens, der aufregenden Zukunft aufgeschlossen und frei entgegen zu sehen.

Xenos kam aus einem zufriedenen Leben von dem Planeten Andromeda, auf dem er als Baumeister und als Gesandter von Terra lebte. Auch er war, wie Maja, aus unerfindlichen Gründen neugierig auf das Mehr des Lebens. Von der Sehnsucht nach Spannung, nach kribbelnden Erlebnissen und Träumen, die seine Gedanken belebten getrieben, hatte er beschlossen, Urlaub von sich selbst und seinem anstrengenden Alltag zu machen.

Beide traten gleichzeitig in ihren luxuriös ausgestatteten gläsernen Raumgleitern in die rotgrünlich schimmernde Atmosphäre der Venus ein, ausgeruht von dem langen mit freudig-banger Erwartung durchlebten Flug. Was würden sie, so weit von zu Hause entfernt, erleben?

Von einer sehr freundlichen Cyber-Stewardess wurden sie zu einem Fahrstuhl begleitet, der sie ins tiefe Innere der Venus brachte, zu einem Ort, der auf Terra schon lange als Stadt des sich selber Findens, des Lebens ohne Zwänge, der Erfüllung aller Wünsche bekannt war.

Sinnliche, glühende Venus! Nur ganz bestimmte Erdlinge, ausgewählte Personen bekamen ein Erlaubnisticket für diesen Wunschflug in die Sternenträume genehmigt. Jeder von ihnen hatte sich diese Reise hart und mit sehr viel Mühe erarbeitet.

Maja genoss das leise Schnurren des Lifts, ein Lächeln zog durch ihre Gedanken: Endlich – endlich hatte sie es gewagt. Mutig, wenn auch mit heftigem Herzklopfen, schob sie alle Bedenken von sich – es würde ganz sicher eine aufregende, schöne Zeit werden.

Xenos, durch die lange Tiefschlafphase im Gleiter erfrischt, erging es ähnlich. Mit offenen Augen schaute er um sich, musterte mit freundlichem Blick die anderen Fahrgäste, mit denen er fast lautlos in die warme, gemütliche Tiefe sank. Er sah in jedes Gesicht, das ihm freundlich lächelnd zunickte, bis sein Blick sich mit Majas kreuzte. Maja stand ganz still, sah mit ihren großen blauen Augen auf Xenos, spürte nur den Moment, sah fasziniert in die Augen ihres Gegenübers und fühlte...

Ihr wurde sehr deutlich, dass die Augen des gepflegten, freundlichen Mannes mehr als nur Neugier zeigten. Sie hatte ein ausgeprägtes Gefühl für Situationen, für Augenblicke, die viel an intensiven Eindrücken und Erfahrungen mit sich brachten.

„Welch wunderschöne Augen!", zog es durch Majas Gedanken.

Xenos genoss die Verwirrtheit, die er in sich fühlte, mit freudiger Erwartung ließ er sie zu. Die Faszination, die er bei Majas Anblick fühlte, war genau das, was er hier auf dem Stern der Sinne suchte.

Endlich durften die Reisenden den Lift verlassen. Ein Venusianer nahm sie in Empfang: „Guten Abend, meine Damen und Herren. Bitte begeben Sie sich zur Rezeption, um ihre Keycards zu übernehmen. In Ihren Räumen finden Sie ein Display, über das auf ausgesprochenen Wunsch alle Fragen beantwortet werden, die Sie stellen möchten. Außerdem befindet sich neben Ihrem Schwebebett ein Kommunikator, mit dem Sie sich untereinander erreichen können. Haben Sie einen erholsamen Aufenthalt mit vielen fantastischen Erlebnissen."

Nach einem spritzigen Empfangscocktail betrat Maja ihr neues Domizil. Sie kicherte leise vor sich hin, die fantastische Umgebung, die exotische Ausstrahlung des fremden Planeten und nicht zuletzt der Drink taten ihre anregende Wirkung. Schnell machte sie sich frisch und sah zufrieden in den Spiegel.

„Wenn ich mein altes Ich schon nicht wiederbekomme, dann werde ich ganz bestimmt hier ein Neues erfahren!", murmelte sie vor sich hin und lachte leise glucksend. Sie dachte an den sympathischen jungen Mann mit den intelligenten, fragend schauenden Augen.

Ihr Kommunikator summte. „Ja???" Wer wollte etwas von ihr, sie war doch eben erst angekommen?

14

„Hallo, mein Name ist Xenos! Wir sind uns im Fahrstuhl begegnet."

Maja wusste sofort, wer hinter dieser dunklen, etwas rauen Stimme steckte und stellte erstaunt fest, dass ihr Herz anfing, sich übermütig in ihrer Brust mit heftigen Kapriolen zu überschlagen.

„Ich bin Maja, ich habe dich sehr wohl wahrgenommen, Xenos."

So hatte ein langes Gespräch seinen Anfang gefunden. Maja merkte mit einem Mal, dass der böse Geist, der ihr das alte Ich genommen hatte, hier auf der Venus keine Macht mehr über sie hatte. Sie fühlte sich unsagbar frei, ihre Gedanken bekamen eine träumende Leichtigkeit, sie genoss diese Unterhaltung.

Xenos … Deutlich sah sie ihn vor sich: Groß, stark, selbstbewusst, mit einem gewissen Etwas, das ihn unwiderstehlich machte.

Wie durch einen unglaublich schönen Zauber erging es Xenos genauso. Gab es doch tatsächlich so etwas wie die immer wieder milde belächelt und angezweifelte Seelenverwandtschaft?

Maja meinte durch den Kommunikator das Herz Xenos heftig schlagen zu hören, ihre Sinne nahmen schon fast vergessene Gefühle wahr: Der Wunsch nach Wärme, nach Nähe, nach ehrlicher Freundschaft stand plötzlich im Raum. So lange hatte sie diese Dinge nicht mehr gefühlt. Lachen, liebevolle Worte leben, auch ein wenig Herzklopfen, all das überfiel Maja in diesem unfassbaren Moment.

Ganz deutlich und mit unglaublicher Klarheit konnte sie spüren: Xenos hatte die gleichen Wünsche. Hier, auf diesem Stern, weit, weit weg von jeder Realität.

„Lass uns hier unsere Zeit gemeinsam erleben.", hörte Maja Xenos sagen. Seine Stimme war leise, ein wenig heiser, deutlich war eine wachsende, noch zarte Zuneigung heraus zu hören. Maja fühlte tatsächlich ihr Herz, das sie schon so viele Jahre verloren glaubte, in ihrer Brust schlagen: Laut und schnell und heftig hüpfte es zwischen Bauch und Kopf umher, weckte lang verschüttete Sinne, ganz warm wurde ihr.

„Du bist noch sehr jung, Xenos..." Sie versuchte, ihre Gedanken zu verstehen und noch ein wenig besser zu begreifen.

„Das ist egal, Maja. Es spielt keine Rolle hier auf diesem Stern. Ich möchte dich einfach kennen lernen, denn ich fühle eine tiefe Verbundenheit zu dir. Es ist bestimmt nicht die Zahl der Jahre, die verhindern könnte, dass ich Lust verspüre, mehr von dir zu erfahren."

So folgte Maja seinen Wünschen. Sie fühlte ein starkes: Ich will! in sich aufsteigen, zum ersten Mal nach so vielen Jahren in ihren dicken Mauern der Kälte fühlte sie wirkliches Vertrauen in sich entstehen. „Öffnest du mir deinen Raum, wenn ich jetzt zu dir komme?" Xenos Stimme trug ein Lächeln zu Maja.

Schon Sekunden später öffnete sich die Tür mit leisem Summen und Xenos betrat den Raum. Groß, schlank und stark stand er vor Maja. Ihre Blicke trafen sich, verzauberter Moment, lesen in den Augen, in denen bei beiden das Gleiche stand: Hier gehöre ich dir.

Faszination der ersten Sekunden, es war, als sprühten Funken durch Raum und Zeit, eine strahlende, eigene Galaxie wurde für Xenos und Maja geboren.

Es war der Beginn einer wunderschönen, aufregenden Zeit, die sie beide hier auf diesem Stern erleben sollten, einer Zeit, die der Grundstein einer fantastischen Freundschaft wurde.

Täglich trafen Maja und Xenos sich, entdeckten eine fremde Welt, wuchsen in ihre neue Zeit hinein. Es ließ sich nicht verleugnen: Das, was hier geschah, war etwas ganz Besonderes, etwas Seltenes, Kostbares. Sie spürten beide: Dieses Finden war ein Geschenk Siyas, eine Gabe an sie, um ihnen die Kraft für ihre großen Aufgaben, die in der Zukunft auf sie warteten, zu geben.

Doch bei allem Schönen das Maja und Xenos erfahren durften, wurde eines immer klarer: Xenos war sich seiner Verantwortung der Sternenregierung und seiner Familie gegenüber wohl bewusst. Der Aufenthalt auf der Venus war nur ein Ausflug in sein eigenes Ich, eine Belohnung für das, was er seit Jahren als Diplomat erfolgreich und weitsichtig geleistet hatte. Und niemals würde er seine Familie aufgeben, nicht das Glück, das ihm das Leben geschenkt hatte, zerstören.

Sie durften wohl Freunde, doch niemals Gefährten sein.

Maja akzeptierte es, auch sie hatte Erfüllung gefunden: Durch Xenos und ihre tiefe Freundschaft und Zuneigung zueinander, die Siya ihnen beiden geschenkte hatte, war sie hier auf ihr neues, fröhliches Ich gestoßen. Sie konnte wieder schmecken, was das Leben ihr schenkte, fühlen, was es zu fühlen gab und träumen ohne zu leiden. Und ihr Herz war wieder warm, sie trug keine eisigen Mauern mehr in sich.

Beide ahnten nur, dass es eine gemeinsame Zukunft für sie gab, dass der Sinn ihres Zusammentreffens eine Basis war, die Siya geschaffen hatte, um viele Jahre später das Schicksal der Erdlinge zu meistern. Maja und Xenos waren hier, auf dem Stern der Träume, für kurze Zeit einem sehr freundlichen, aufregenden Schicksal begegnet.

„Ich werde Dich nie vergessen, Maja, doch unsere Zeit hier ist schon bald zu Ende. Auf Andromeda wartet meine Familie auf mich. Danke für die traumhafte Zeit, die ich mit dir erleben durfte.

Genau dieses war der Moment, in dem Majas neues Ich seine ganz festen Anker fand. Es ergriff sie mit aller Macht und schenkte ihr den Glauben an sich selbst und auch den Glauben an die Ehrlichkeit der Erdlinge zurück.

Maja winkte Xenos zum Abschied zu. Sie war traurig. Würden sich ihre Wege jemals wieder kreuzen?.

Xenos ging. Ohne sich umzusehen betrat er den Gleiter, der ihn zurück in die Realität Andromedas brachte.

Maja klagte nicht. Sie wollte keine Tränen mehr, keine Einsamkeit in ihrem realen Leben. Ihr Kopf musste frei sein für ihre neue Zukunft mit ihrem neu entdeckten Ich. Sie wusste: Xenos würde immer da sein, dort oben auf dem Stern Andromeda.

Einen Tag später reiste auch sie ab, mit vielen neuen Erlebnissen, Gedanken, Erfahrungen und vielen, vielen Erinnerungen. Gläserne Brücken im Raum, die sie mit Xenos betreten hatte.

Sie behielt sie fest in ihrer Seele und in ihren Träumen, es waren ihre Sternenträume.

Das neue Ich

Auf dem Flug zurück zur alten Erde schlief Maja. Sicher und geborgen in dem bequemen Liegesitz des Gleiters nahm sie nichts um sich herum wahr. In sich gekehrt mit entspannt geschlossenen Augen begab sie sich bedingungslos in das Reich der Träume, durchlebte noch einmal in ihrem tiefsten Inneren ihren Aufenthalt auf der Venus, der ihrem Leben einen so ganz neuen Sinn gegeben hatte. Sie nahm von diesem Stern ein neues Selbst mit in ihre alte Welt, mit ganzem Herzen hielt sie es fest, genoss die neu erwachten, sanften Sinne.

Xenos hatte sie stark gemacht. Er hatte ihr gezeigt, dass sie nicht nur für ihre Arbeit existierte, nicht nur für ihre Aufgaben in der Welt der Sterne, nein, er hatte ihr neue Möglichkeiten, neue Gefühle und Wünsche geschenkt. Maja wollte sie nie wieder verlieren, sie gehörten zu ihrem Ich und machten sie stark.

Siya, die gute Geistfrau, lächelte dazu. Sie sah, dass Maja ihr Geschenk Vertrauen mit offenen Armen annahm und so gestärkt und mutig nach Terra zurückkehrte.

Mit jeder Sekunde, die Maja durch das All glitt, der strahlend blauen Terra immer näher kommend, wuchs diese Stärke. Lag es vielleicht daran, dass Xenos noch immer durch ihre Träume zog? Sie ermunterte, sich selbst mehr zu vertrauen, zu fühlen und zu nehmen, was das Leben ihr gab?

Maja träumte und träumte. Guruch … Sie hatte den bösen Geist vor Augen, der ihr alles genommen hatte, was sie glücklich sein ließ.

Bedrohlich schlich er sich durch ihre Gedanken, suchte hämisch lachend neue Schwächen, neue Wunden, über die er sie wieder und wieder verletzen wollte. Je weiter der Gleiter sich Terra näherte, um so mehr war Guruch erzürnt. Doch jetzt war sie stark, weigerte sich, ihm zu Willen zu sein, wollte ihm nicht dienen. Er hatte Maja für immer verloren.

Maja bereute keine Sekunde den Weg zu den Sternen betreten zu haben. Sie war dankbar für ihr neues Selbstbewusstsein, für die neuen Gefühle, das neue zufriedene Lachen, das sie fortan begleitete und hörte glücklich auf das fröhliche, lebendige Klopfen ihres wieder erwachten Herzens, das sie schon so lange nicht mehr gespürt hatte. All das lief wie ein aufregender Film noch einmal vor ihren geschlossenen Lidern ab. Sie war wieder fähig zu fühlen und zu lachen.

Maja hatte nicht eine Sekunde, nicht den mindesten Moment Angst, dass sie alles wieder verlieren könnte. Sie wusste, Guruch würde es nicht so einfach hinnehmen, dass sie sich von ihm und seiner Knechtschaft befreit hatte. Sie würde ihm lachend und stolz entgegentreten, mit offenen, blanken, Funken sprühenden Augen, ohne feige Panik, ohne sich vor seinen grausamen Gedanken, mit denen er sich in ihren Kopf einzuschleichen versuchte, zu fürchten. Im Traum erschien ihr die Welt, der sie entgegen flog. Anders und aufregend erwartete sie Maja, mit abenteuerlichen Aufgaben, gesandt von Siya, der guten Geistfrau.

Dafür lohnte es sich zu kämpfen, Siya war wirklich eine starke Bewahrerin des gedanklich Guten, stärker, als Guruch es jemals sein konnte. Siya hatte sorgfältig von ihrer Geisterwelt aus dafür gesorgt, das Maja und Xenos sich auf der Venus begegneten, dieses Treffen sollte Maja genau so stark machen, wie sie es jetzt war.

Es gab keinen Platz mehr für die kleinen, eng zusammen stehenden, von schwarzen Schatten umgebenen, grausamen Augen Guruchs.

Maja lächelte beim Verlassen des Gleiters. Sollte Guruch nur kommen! Er konnte ihr nichts mehr anhaben! Die Liebe, die Maja von nun an empfinden sollte für die Menschen, war stärker als jeder Hass, jedes Grauen und jede Angst.

Das Leben beginnt

Glücklich sah Maja auf ihre Söhne, die sie vom völlig überfüllten, mit hektischer Betriebsamkeit voll gestopften Baseport abholten.

„Nanu, sehe ich da strahlende Augen?" Erstaunt, doch zufrieden lächelnd nahm Kooh Maja in seine Arme. Arc und Mol, Koohs jüngere Brüder, zwinkerten sich frech grinsend zu. Maja konnte nicht anders. Herzlich und liebevoll umarmte sie ihre Kinder überschwänglich, freute sich darüber, dass die Drei den Weg zur Raumbase trotz ihrer vielen großen Aufgaben gefunden hatten, um sie gemeinsam von ihrer Reise abzuholen. Maja schaute stolz auf die jungen Männer.

„Meine Kinder!", dachte sie. Große, herzliche, kluge Söhne, deren Weg sie bis jetzt begleitet hatte. Junge Männer, die sie allein durch die schwierigen Zeiten, durch alles Chaos und alle Kälte gegen jede Erwartung zu gewissenhaften, streitbaren Terronen erzogen hatte. Siya hatte ihr bedeutet, dass die Drei ihre eigene Zeit erreicht hatten, sie nicht mehr als ständige Beraterin brauchten und ihren Weg fortan auch ohne ihre Hilfe gehen konnten.

„Erzähl mal, Maja!", forderte Arc seine Mutter auf, „Die Reise hat dir sehr gut getan. Du strahlst, man sieht dir deine vier Dekaden gar nicht mehr an. Was ist geschehen?" Maja stieg in den Aeroporter zu ihren Söhnen, der sie in ihr noch gemeinsames zu Hause bringen sollte.

„Dort, auf der traumhaft schönen Venus, tief in ihrem Innern, habe ich ein neues Selbst, mein eigenes Ich gefunden." Versonnen lächelte sie vor sich hin, warf einen überglücklichen Blick zum nachtblauen, funkelnden Sternenhimmel hinauf. Xenos huschte durch ihre Gedanken, ganz kurz nur, doch deutlich genug, um in ihr liebevolle Wärme entstehen zu lassen.

„Es ist nicht zu übersehen, mir scheint, du hast dort oben einige Jahre geschenkt bekommen, dein Lachen, dein Strahlen – es steht dir gut."

Mol schaute sie verwundert, doch nicht ohne einen gewissen Stolz in seinem Blick an. War das seine Mutter? Die Maja, die ernst und voller Skepsis ohne jede Rücksicht auf sich selbst, eher eingefroren als lebendig zur Venus gereist war? Er lachte. „Nun sag schon, was hat dich so verändert?"

„Dort oben auf der Venus hat Siya mir das Leben wieder geschenkt. Guruch hat keine Macht mehr über mich. Siya hat mir bedeutet, dass nur ich entscheide, ob ich mich der Gewalt des Psychoterrors beuge, die Vergangenheit weiter erleide und Zuneigung verachte, oder ob ich dem hellen, leuchtenden Licht der Sonne folge, aufrecht und mit zufriedenem Lachen. Dort oben habe ich mein Leben wieder bekommen, strahlende Freude, wärmende Gefühle und eine fantastische Zufriedenheit."

Maja ließ sich genüsslich in die Luftpolster des Aeroporters zurückfallen und schwieg.

„Wir haben also jetzt eine zufriedene, lebendige Mutter von der Venus zurückbekommen. Nicht schlecht!" Arc stupste Kooh an. „Was halten wir nun davon?"

„Und Guruch?", Kooh fragte noch ein klein wenig zweifelnd. „Wenn er dir jetzt wieder alles nimmt?"

„Kann er nicht, Kooh. Siya wird über mein Leben wachen. Die Zeit der Kälte ist vorbei, Siya hat mir mein eigenes Leben durch die Stärke und die Ehrlichkeit eines anderen Erdlings wieder gegeben. Nie mehr wird Guruch Macht über einen von uns bekommen."

Genau so sollte es kommen. Nicht, dass Guruch den Kampf um Maja ohne weiteres aufgeben wollte, doch er hatte tatsächlich keine Macht mehr über sie. So beschloss er, einfach listig und tückisch abzuwarten. Es würde schon ein neuer Gefährte in Majas Leben treten, so dass er sie ein weiteres Mal zerstören konnte um sie erneut zurück in die Kälte zu schicken.

Yook von den Sternen

Es war nicht leicht für Maja, sich von ihren Söhnen zu trennen, doch war die Zeit gekommen, sie los zu lassen. Sie würden auswandern auf den Planeten Xanthippe und dort ihr eigenes Leben gestalten. Denn Siya hatte Recht: Ihre Kinder waren jetzt Männer, groß, stark und intelligent konnten sie für sich und ihre Zukunft allein sorgen.

„Du darfst jetzt an dich denken, Maja.", suggerierte die gute Geistfrau in Majas Gedanken. Um sie zu ermuntern, ließ sie immer wieder für kurze Zeit Xenos durch Majas Kopf huschen. Ein Lächeln entstand in Majas Gesicht, ein liebevolles Strahlen fühlte sie. War es richtig, dass sie noch einmal begann zu leben?

„Ja – ja – ja!" , rief Siya ihr zu.

Maja hatte das Leben neu gelernt, Xenos hatte sie geweckt und ermuntert – aufmerksamer, verspielter, kluger Xenos – doch er war nicht für sie erreichbar. Maja seufzte.

„Yook möchte dich sprechen." Majas Kommunikator sprach sie leise an. Trotzdem schreckte sie aus ihren Überlegungen auf, ihr Herz schlug schneller. Sie zwang sich einmal mehr, Xenos zur Seite zu schieben, ihr Kopf musste frei sein für ihr neues Leben. Der Mann von der Venus durfte sie nicht blockieren.

„Wer bist du?", sprach Maja fragend in den Raum.

„Ich bin Yook, Erbauer und Pilot des Gleiters, der dich von der Venus zur Erde zurück gebracht hat. Ich habe dich auf der Base gesehen und kann dich nicht vergessen."

Maja lächelte. Sie konnte sich an den Piloten erinnern. Er hatte ihr beim Aussteigen aus dem Gleiter sehr freundlich geholfen. Ein wenig hatte sie sein erstaunter Blick gewundert, fragende, etwas nervöse Augen, die aufmerksam jede ihrer Gesten verfolgten. Die verlegen zum Boden schauten, als Maja ihn freundlich und offen anlächelte.

„Hallo Yook! Ich kann mich gut an dich erinnern. Warum kannst du mich nicht vergessen? Du hast mich nur kurz gesehen, hast nicht einmal mit mir gesprochen." Erstaunt stellte Maja fest, dass ein Anflug von einem Lächeln in ihrer Stimme lag.

„Mochte dich nicht ansprechen, Maja. Ich bin das, was man ausgesprochen schüchtern nennt. Doch ich kann nicht anders. Darf ich dich noch einmal wieder sehen? Bitte!" Yook bat sie inständig, fast herzerweichend. „Was hältst du davon, morgen Abend mit mir Essen zu gehen?"

`Mmm, warum nicht?´, fragte Maja sich. „Das ist eine gute Idee, Yook." Ihre Antwort sollte freundlich klingen, auf keinen Fall aufgeregt oder gespannt. Doch auf eine merkwürdige Art und Weise konnte sie einen kleinen, fröhlichen Hüpfer ihres Herzens nicht verhindern. „Wo treffen wir uns?"

„Ich hole dich ab, so gegen zwanzig Uhr?" Maja konnte ein Strahlen in Yooks Stimme hören. „Sicher, das ist schon okay. Ich bin dann fertig. Bis morgen also, bye …"

So lernten Yook und Maja sich kennen, auf altmodische Art, fast wie vor zweitausend Jahren. Kein Treffen auf einer extra dafür eingerichteten Ebene der Begegnung, kein vorgeschriebenes Kennen lernen durch Genetiker, nicht irgendeiner Logik folgend nein, ein selbst erwählter Moment des Aufeinandertreffens wie in längst vergangener Zeit.

Sie mochten sich vom ersten Augenblick an. Yook, genau wie Maja, hatte seine Erfahrungen gesammelt, hatte sein Leben, nachdem seine Gefährtin ihn verlassen hatte, der Arbeit gewidmet, auch ihm wurden nur noch Mauern und Kälte gestattet. Genauso wie Maja war er, in einem Moment der Schwäche, Guruchs bösartigen Attacken erlegen. Maja und Yook verstanden sich. Viele Gemeinsamkeiten und sehr viele Interessen verbanden sie. Er hatte hier auf Terra so lange Gefühl und Liebe, sogar Sehnsüchte und Lust entbehrt, hatte sich nicht gewehrt gegen Guruchs Gedankenangriffe, sie hingenommen ohne zu klagen und Tag für Tag, Jahr für Jahr auf sein eigenes Selbst verzichtet.

Der Abend ging dem Ende entgegen, Yook brachte Maja zurück zu ihren Räumen. Vor ihrer Tür nahm er sie sehr lieb und ganz vorsichtig in seine Arme und küsste sie behutsam auf ihren etwas verlegen lächelnden Mund.

Maja fühlte ihr Herz bis zum Hals schlagen, ein angenehmes Kribbeln entstand in ihr, sehnsüchtig atmete sie tief ein und aus. Doch ihr Kopf stritt sich mit ihrem Herzen: War es richtig, was hier geschah? Yook zog sie an sich, ganz fest, doch zärtlich und mit zitternden Händen, so dass sie deutlich fühlen konnte, dass auch sein Eis schmolz.

„Gute Nacht, Yook.", flüsterte sie, „Schlaf gut." Es war schon unendlich lange her, dass sie allein mit einem Terronen vor ihrer Tür stand.

Yook atmete tief durch. Maja erkannte wohl, dass er versuchte, seine Gefühle zu verbergen um ihr nicht zu nahe zu treten, erkannte es amüsiert und auch irgend wie erleichtert.

„Sehen wir uns wieder, Maja? Versprich es mir. Ja?"

Sie konnte nicht anders, natürlich stimmte sie einem erneuten Treffen zu, in zwei Tagen würden sie sich wieder begegnen.

Ein gutes Gefühl

Maja konnte nur schwer einschlafen in dieser Nacht. Immer wieder dachte sie darüber nach, was wohl in achtundvierzig Stunden passieren würde. Wollte sie Yook wirklich? Sie war sich noch gar nicht so sicher, doch ihr Herz war neugierig und wach. Und ihr Kopf? `Keine Ahnung´, dachte sie und schob den Gedanken an Beziehung und Bindung und Liebe weit von sich. Aber sie war jetzt neugierig. Xenos – Immer noch zog er durch ihre Gedanken, hörte seine Stimme in ihrem inneren Ohr. Nein, Xenos war ihr Freund, er hatte Familie, war nicht für sie bestimmt. Weit schob sie auch die Gedanken an Xenos von sich. Weit! Sehr weit! Er hatte sie das Lachen gelehrt, mehr nicht.

Yook! Er hatte in den letzten zwei Tagen oft mit ihr kommuniziert, war genau so gespannt wie Maja. Unausweichlich war es bestimmt, dass sie sich sehr nah begegnen würden.

Unentschlossen stand sie vor dem großen Schrank in ihrem Schlafraum. Was sollte sie anziehen? Eine immer wiederkehrende Frage auch in dieser neuen Zeit. Sie lächelte vor sich hin. „Hi, ich bin eitel.", murmelte sie und schüttelte schmunzelnd den Kopf. Nach einigem Hin und Her entschloss sie sich für ein dezentes Seidenkleid. Ein schönes Gefühl, Seide auf der Haut zu tragen: Knistern und Streicheln, magische Kühle. Mit fröhlicher Spannung erwartete sie Yook, sie war bereit.

Endlich stand er vor ihr. Er lachte sie übermütig an. „Hallo, Maja. Gut siehst du aus, ich bin hingerissen." Er nahm ihre Hand, führte sie zu seinen Lippen und hauchte einen zarten Kuss auf ihre geöffneten Handflächen. Majas Herz zog sich zusammen, sie spürte Yooks sanften Lippen auf ihrer Haut und schloss die Augen.

Yook zog sie an sich, ganz fest. Maja konnte durch sein Hemd sein Herz in rasendem Tempo schlagen fühlen. Sie schmeckte seine Lippen auf ihrem Mund und erwiderte seinen Kuss, war zu keinem Wort mehr fähig. Diese ersehnte Begegnung mit Yook gab ihr ein tiefes Gefühl der

Zärtlichkeit. „Komm!", forderte sie Yook leise auf und zog ihn mit sich. Er wehrte sich nicht. Fühlte eine tiefe Vertrautheit und übermütiges, tanzendes Lachen in sich.

In dieser Nacht blieb Yook bei Maja. Zufrieden und glücklich fühlte sie vor dem Einschlafen eine erholsame Müdigkeit, die ihre Lider schwer werden ließ, lauschte auf die ruhigen, entspannten Atemzüge Yooks. Sie sah sein glückliches Gesicht, sah ein wohliges Lächeln auf seinen Lippen. Maja spürte Siyas Freude in ihren Gedanken. Dankbar und voller Stolz nahm sie diese traumhafte Situation an. Ein gutes Gefühl …

Yook schlief neben ihr, immer noch ihre Hand haltend, so, als wolle er sie nie wieder loslassen. Erst im Morgengrauen schlief auch Maja ein, traumlos und fest.

Während sie am nächsten Morgen zusammen das Frühstück zu sich nahmen, unterhielten sie sich über Dieses und Jenes, über die vergangene Nacht, über den Tag, der sie erwartete.

„Ich werde heute Abend zur Venus fliegen, Maja. So kann ich dich in den nächsten Tagen gar nicht sehen. Ich werde dich sehr vermissen. Danke für die traumhafte Nacht, für den unglaublich schönen Abend Maja. Vergiss mich nicht."

Maja strahlte Yook an. „Nein, ich werde an dich denken, bei allem was ich unternehme, Yook." Sie gab ihm einen Kuss auf seine Wange und genoss seinen zärtlichen Blick.

„Weißt du, dass du im Schlaf sprichst, Maja?" Er zwinkerte ihr zu und sah neugierig tief in ihre Augen. „Du hast gegen Morgen sehr lebendig geträumt, Kleines."

„Wie, ich rede beim Schlafen? Wirklich? Nein, das hat mir noch niemand gesagt. Wie denn auch, ich bin schon sehr lange ohne einen Gefährten." Hatte sie geträumt? Sie konnte sich nicht erinnern.

„Wer ist Xenos?", fragte Yook beim Abschied. Maja konnte sehr wohl eine gewisse Spannung, die hinter der Frage Yooks steckte, zwischen den Worten hören. „Du hast nach ihm gerufen, Maja."

Sie antwortete nicht sofort. Xenos. Ein Lachen zog durch ihre Gedanken und ließ ihre Augen fröhlich leuchten. „Xenos ist das Wesen, das mir meine Freiheit zurückgegeben, das mich aus dem Eis befreit hat und mich gehen ließ, zufrieden und glücklich mit einer neuen, lebendigen Zukunft. Xenos ist der Arm und die Hand Siyas, die mir die Hoffnung und das Lachen geschenkt und Guruch aus meinem Gedanken verbannt hat, Yook."

Yook ging. Auch er ging ohne sich umzudrehen. Nie wieder hörte Maja etwas von ihm, doch noch oft dachte sie an Yook, wenn ihre Blicke abends über den Sternenhimmel glitten, suchend nach einem winzig kleinen Punkt zwischen den leuchtenden Sternen.

Kiwi

Maja dachte noch lange Zeit an Yook. Sie versuchte, es logisch zu tun, beschloss jedoch, dass dieses Erlebnis mit dem Sternenfahrer jeglicher Logik entbehrte. War er ein Gesandter von Guruch, der sie verletzen sollte, damit sie noch einmal Siyas lichten Gedanken entzogen werden konnte? Sie entschied sich für die einfachste Lösung: Yook war es nicht, den Siya ihr schenken wollte. Doch er hatte ihr gezeigt, dass das Leben noch so viel für sie bereithielt. Nachdenklich schüttelte Maja kaum merklich ihren Kopf und lächelte. Sie hatte ein warmes, zufriedenes Gefühl in sich, wenn sie an den Sternenfahrer dachte. Yook hatte sie äußerlich umarmt und ihr den Genuss als Gabe gebracht – jedoch nicht als tiefes Gefühl. Obwohl auch er ein Geschenk Siyas war und ihr die traumhafte Erfahrung des Fühlens gebracht hatte. Er war bestimmt nicht von Siya als ihre Aufgabe in der Zukunft gesandt worden.

Yook, auf dem Weg zur Venus, wehrte sich einmal mehr nicht gegen den Gedankenstrom Guruchs. Er war zu schwach, nicht sicher genug, dem Einschleichen der kalten Gedanken zu widerstehen. Es gelang dem grausamen Geist, Eifersucht und Zweifel in Yooks Kopf zu pflanzen und so verzichtete er einfach auf einen weiteren Versuch des Neuanfanges.

Für Maja ging das Leben weiter. Sie begann diesen neuen Tag mit der Visite ihrer Schützlinge. In der Gesundheitsbase war es ruhig, es gab kaum Terronen, die ihre Hilfe brauchten. Einen Kleber für eine kleine Schnittwunde hier, einen stützenden Verband für ein gezerrtes Knie dort, einige Impfungen gegen Marspusteln und virulente Oriongrippe, es gab nicht viel zu tun.

Maja wollte sich gerade auf den Weg zur Besprechung mit den weisen Frauen machen, als ihr Blick auf eine zusammengesunkene, bewegungslose Frau in der Warteebene fiel.

Sie beugte sich über die in alten, schweren, fremdländischen Tüchern eingewickelte Gestalt.

„Hallo, ich bin Maja. Kann ich dir helfen?" Maja bekam keine Antwort. Sie streckte ihre Hand aus und wollte die Terronin anstupsen. Schlief sie vielleicht? Nein, sie schlief nicht. Unter Majas vorsichtiger Berührung rutschte sie langsam auf die Seite, sackte völlig in sich zusammen. Das Tuch, welches das Gesicht der armen Frau verborgen hatte, glitt auf den Boden und Maja sah in weit geöffnete, dunkelgrüne, gebrochene Augen. Die gelblich-bleiche Farbe des Gesichts, die farblosen Lippen zeigten Maja ganz deutlich: Dieser Terronin, mochte sie vielleicht drei Dekaden, mag sein auch ein paar Jahre mehr gelebt haben, konnte niemand mehr helfen. Sie war eingeschlafen, allein und einsam hier auf der Gesundheitsbasis. Wer mochte die Fremde sein?

„Eine unbekannte Terronin auf Warteebene zwei." , sprach Maja in ihr Handcomm. „Höchstwahrscheinlich biologisch ausgelöscht. Bitte abholen zur Obduktion!" Gleich würden Transporter mit einem Wagen den Gang hinunter gerollt kommen, um die erloschene Menschenfrau abzuholen. Maja war traurig. Selten, sehr selten hatte sie Verstorbene gesehen, sie war nicht zuständig für dieses Arbeitsgebiet. Ein beklemmendes, sie erschütterndes Gefühl nahm von ihr Besitz. Hätte sie helfen können, wenn ihr die junge Frau früher aufgefallen wäre? Ein kratzendes Geräusch ließ Maja zusammenzucken. Es kam von der Toten, nein, nicht wirklich von ihr, unter dem Sitz der Toten war es noch einmal zu hören: Erst ein Kratzen, danach ein deutliches, wenn auch unterdrücktes Schniefen. Die Falten der Tücher bewegten sich und eine kleine, schmutzige Hand mit winzigen, schwarzen Fingernägeln daran schob sich langsam und zaghaft unter dem Sitz hervor.

Maja bückte sich. Neugierig griff sie nach der kleinen, klebrig-grauen Kinderhand. Hielt sie ganz fest und zog sie langsam zu sich. Der Hand folgte ein nackter, mit grauen Schmutzkrusten übersäter Arm, der krampfhaft versuchte, Majas Händen zu entkommen.

Besorgt lächelte Maja. Ein Kind? War es das Kind der Toten?

„Komm, Kleines, ich tu dir nichts. Versteck dich nicht, ich bin Maja, Pflegerin der Kranken und jungen Terronen."

„Ich weiß!" Eine piepsige, leise Stimme drang aus den Tüchern. „Lass mich los, ich will bei Myda bleiben." Zornige, smaragdgrüne Augen blitzten aus dem fleckigen Stoff der Gegangenen. Dunkelrote Locken umgaben ein blasses, schmales Kindergesicht, das Maja jetzt trotzig und ängstlich entgegenblickte. Die senkrechte Zornesfalte und die fest zusammen gebissenen Lippen dieses Mädchens schreckten Maja jedoch nicht ab, im Gegenteil. Noch bestimmter zog sie die Kleine von der Frau, die jetzt von zwei älteren Terronen auf den Transportwagen gelegt wurde, weg, zog sie fest an sich, tröstend ihre Arme um dieses kleine, schmutzige Wesen legend.

Das Mädchen wehrte sich! Strampeln und schreiend versuchte sie, den Transportern zu folgen. „Myda, bleib bei mir. Myda..." schluchzte sie. Die kleinen, mageren Schultern wurden von einem Weinkrampf geschüttelt, große Tränen kullerten über die schmutzigen Wangen des Mädchens und hinterließen helle, schmierige Straßen im Gesicht des Kindes.

„Du kannst nicht mit Myda gehen, Kleines." Maja versuchte, das zappelnde, um sich tretende Kind zu beruhigen und zu trösten. „Myda kommt jetzt in die Untersuchung und danach in das Ritual. Dort kannst du sie dann noch einmal besuchen und von ihr Abschied nehmen. Ich werde dir dabei helfen. Komm her, Kind, ich bin ja bei dir, ich beschütze dich."

Das Mädchen wurde ganz ruhig. „Myda muss ins Ritual?", fragte sie mit bebender, fast erstickter Stimme. „Aber das heißt ja, das heißt ja, oh – sie lebt nicht mehr? Sie ist gegangen? Myda, bitte, Myda, lass mich nicht allein..!" Mutlos senkte sie ihr wirres Lockenköpfchen.

„Komm, meine Hübsche." Maja nahm das Kind auf ihre Arme. Leicht war sie, vielleicht sieben oder acht Jahre alt. Dünn, halb verhungert und so schmutzig – Maja hatte so etwas noch nicht gesehen. „Ich werde dich erst einmal baden und dir saubere Kleidung besorgen. Und dann musst du etwas essen. Du hast bestimmt Hunger, nicht wahr?"

Majas Herz war voll Sorge und Mitgefühl. Sie dachte an ihre Söhne, die zum Glück so etwas nie erlebt hatten. Dieses kleine Terronenmädchen war ihr in Sekundenschnelle ins Herz gewachsen. Es mochte sein, dass der Rat der Umgebung und die weisen Frauen ihr die Obhut für dieses hübsche Kind übertrugen. Maja war noch jung genug, ein weiteres Kind zu erziehen und für das galaktische Leben vorzubereiten. Schon immer hatte sie sich eine Tochter gewünscht.

„Verrätst du mir auch noch deinen Namen?"

„Ich heiße Kiwi und bin vor ein paar Wochen von Andromeda hierher geschickt worden. Myda war meine Ziehmutter. Sie hat mich auf dem langen Flug begleitet. Siya hat hier auf Terra wichtige Aufgaben für mich. Ich weiß es, denn ich kann die Zukunft fühlen. Ich bin ganz allein, Maja." Die großen, grünen Augen Kiwis füllten sich wieder mit Tränen. Verzweifelt und hoffnungslos sah sie Maja an. Ein Bild der herzerweichenden Trauer. Siya hatte dieses Kind geschickt. Von Andromeda, von so weit.

„Vertraue mir, kleine Kiwi, ich werde dich nicht verlassen. Schenk mir deine Tränen, die du um Myda weinst. Ich werde sie mit dir bewahren, damit du sie nie vergisst. Und ich werde sie mit dir teilen, dann ist es leichter für dich, die Last der Erinnerungen zu tragen. So wirst du Myda ehren und sie in deinen Gedanken behalten." Maja drückte das kleine, schluchzende Bündel Mensch an sich. Sie würde Kiwi beschützen und ihr ein liebevolles zu Hause geben.

Doch erst einmal schien es ihr kein Luxus zu sein, Kiwi in eine Wanne mit warmen, duftenden Wasser zu stecken und aus dem weit gereisten Mädchen ein sauberes, gepflegtes Menschenkind zu machen.

Kiwi genoss das Bad, das Maja ihr eingelassen hatte. Dem Wasser war ein wenig Lavendelöl hinzugefügt worden, um dem Kind etwas mehr Entspannung und Beruhigung zu geben.

Erst kletterte Kiwi verschämt in die große, runde Wanne – die Frau, die sie aus den Falten von Mydas Umhang gezogen hatte, war ihr eben noch sehr fremd. Maja musste sich tatsächlich lächelnd umdrehen, damit Kiwi ihre schmutzigen Kleider auszog und in das violette, entspannende Badewasser kletterte.

„Wenn du fertig gebadet hast, nehme ich dich mit zum Rat der weisen Frauen, Kiwi. Mit ihnen werden wir besprechen, wo du aufwachsen darfst. Ob du bei mir bleibst oder in ein Haus für Kinder ohne Eltern musst." Maja begann mit einem Schwamm Kiwis Rücken zu waschen, wohlig ließ die Kleine es zu.

„Aber ich mag gar nicht in so ein Haus. Bitte, Maja, lass mich bei dir bleiben. Ich werde dir auch ganz viel helfen, werde dir Arbeit abnehmen und dich unterhalten. Siya hat mich von Andromeda hergeschickt, es ist bestimmt nicht ohne Grund, dass ich bei dir gelandet bin."

Es war die erste Bitte, die Kiwi Maja gegenüber geäußert hatte, der erste vertrauensvolle Schritt auf ihre neue Ziehmutter zu. Flehend blickte Kiwi Maja dabei mit ihren großen, ausdrucksvollen Augen an.

Maja meinte ganz tief im Grunde dieser unglaublich schönen Augen die Antwort zu lesen. Sie nickte, konnte gar nicht anders: Kiwi hatte Maja schon für sich gewonnen. Sie hatte Siya in Kiwis traurigen Blick gesehen, Siya, die sie beide beschützte, deren Geisteskinder sie beide waren.

„Komm, Kleines, nur noch deine Lockenpracht, dann bist du fertig." Maja hatte ein Lächeln in der Stimme, das Kiwi schnell in sich aufnahm. Das Mädchen fühlte sich geborgen und sicher, hier wollte sie bleiben und groß werden. Sie wollte abwarten, welches Los, welchen Auftrag Siya für sie bestimmt hatte.

„Was für ein hübsches kleines Mädchen habe ich da!" Maja war wirklich berührt von Kiwis Anblick. Kiwis Locken kringelten sich nun in leuchtendem Rot um ihr Gesicht, das durch die unglaublich grünen Augen, unterstützt von einer sehr freche Stupsnase und dem kleinen, vollen Mund neugierig und aufgeweckt in die Welt schaute.

Maja bereitete Kiwi etwas zu Essen und zog ihr einen von den warmen Overalls an, die ihre Söhne damals in Kiwis Alter getragen hatten. Sie schmunzelte. `Wie gut, dass ich mich so schlecht von manchen Dingen trennen kann.´, dachte sie. Ganz deutlich erschien Mol in ihren Gedanken, damals sechs Jahre jung und so stolz auf diesen silbernen Anzug.

Er war eine Nachbildung der Overalls der Sternenflotten-Männer. Jetzt schaute strahlend Kiwi daraus hervor, sie roch zart nach Lavendel, ganz anders als Mol damals. Nun ja, sie war eben ein Mädchen.

Maja und Kiwi ließen sich von einem Aeroporter zu den weisen Frauen bringen. Sie wurden neugierig erwartet, denn Maja hatte die Botschaft von Kiwis Erscheinen bereits über einen Boten dem Frauenrat mitteilen lassen. Ein wenig aufgeregt erschienen sie vor den Frauen. Würde Maja die Erlaubnis erhalten, Kiwi bei sich aufzuziehen?

Der Rat der weisen Frauen

Ganha empfing Maja und ihr Wunschkind mit fragenden Blicken. „Das also ist Kiwi. Kiwi von Andromeda?", fragte sie neugierig und musterte das kleine dünne Mädchen in dem etwas zu großen Overall. „Ich bin Ganha, die Älteste des Rats der weisen Frauen." Sie bückte sich, um Kiwi näher in Augenschein zu nehmen. Ganha lebte schon seit sieben Dekaden auf Terra, ihr Alter war ihr deutlich anzusehen. Die Haut ihres Gesichtes war von tiefen Falten durchzogen, das Blau ihrer immer noch lebhaft schauenden Augen hatte eine hellgraue Umrandung bekommen, doch blitzten sie immer noch beinahe jugendlich neugierig. Ganhas Haar war zu einem schweren, silbrig grauen Zopf geflochten, selten war eine Frau dieses Alters noch auf Terra zu finden. Die Oberste der weisen Frauen war hier geboren und aufgewachsen, hatte die Erde nur zu Ausflügen in die Sternenwelt verlassen, wenn es ihre Arbeit für die Regierung erforderte. Doch sie war sehr erfahren, weit gereist und hatte unermesslich viel erlebt, den Terronen unglaublich viel Neues mitbringen können und sie gelehrt, das Neue anzunehmen und sinnvoll zu nutzen. Kiwis kleine Hand suchte scheu nach Majas. Freundlich nickte Ganha Kiwi zu. Diese großen, grünen Augen. Warum kam Kiwi gerade jetzt zu den Terronen?

Ganha dachte. Fast konnte man meinen, sie hätte alles um sich herum vergessen. Lange Zeit blickte sie auf Kiwi, versank dabei fast in den Augen des Mädchens, das unerschüttert Ganhas Blick standhielt.

Endlich wandte sich Ganha von Kiwi ab und den anderen Frauen zu. Sie hob stolz ihr Haupt, sah jeder einzelnen der elf anderen Weisen tief in die Augen. Ließ sie ihre Blicke sprechen? Jede Frau des Rates sah nach diesem Blickkontakt sehr zufrieden aus. Dann drehte Ganha sich um und sah Maja an.

„Du wirst Kiwi behalten. Sie wird dir eine Tochter sein, so wie du es wünschst. Ich weiß, dass der Rat der Umgebung zustimmen wird. Denn

Kiwi ist ein Geisteskind Siyas, Tochter der Lunya, die als junge Frau nach Andromeda ging, um Guruchs Bann zu entgehen und so Kiwi unter dem Schutze Siyas zu gebären. Lunya durfte aber das Aufwachsen Kiwis nicht erleben, sie erlöschte bei einem Absturz ihres Gleiters, als sie im Auftrag der Sternenflotte auf dem Weg zur Orion war. So wurde Kiwi von Myda aufgezogen und erst vor wenigen Wochen von ihr nach Terra gebracht. Doch Myda hatte keine Mittel, für Nahrung und Wohnung hier auf Terra zu sorgen. Alles, was ihr geblieben war, opferte sie für Kiwi und erlöschte genau dort, wo Siya sie hingeführt hatte: In die Gegenwart Majas, die von nun an Mutter und Freundin für Kiwi sein soll."

Ganha blickte noch einmal in die Runde der nickenden und leise miteinander murmelnden weisen Frauen. „Nimm dieses Mädchen, Maja, hüte es gut. Kiwi ist ein Orakelkind Siyas, schon vor der Geburt Guruchs Händen entrissen, eine Seherin der Gefahren, sensibilisiert, um den Hass Guruchs im Keime aufzuspüren und so den Terronen zu dienen und zu helfen."

Erstaunt schaute Maja auf Kiwi, die sie immer noch mit ihrer kleinen Hand festhielt und sich scheinbar vor Ganha fürchtete. „Es soll so geschehen, Ganha, wie ihr es beschlossen habt.", antwortete Maja genau so erfreut wie erleichtert, und zu Kiwi gewandt: „Meine Tochter, fürchte dich nicht mehr. All diese Frauen sind deine gedanklichen Mütter. Du wirst nie wieder Not leiden, du stehst jetzt unter dem Schutz des Rates der weisen Frauen und des Rates der Umgebung."

Maja verneigte sich vor Ganha, Kiwi sah es und tat es ihr nach. Dann drehten Mutter und Tochter sich um und gingen.

Gedanken

Viele wichtige Dinge waren für Maja und Kiwi zu bewältigen. Kooh, Arc und Mol, die inzwischen zufrieden auf Xanthippe lebten, lernten ihre neue kleine Schwester während eines Besuchs auf dem Heimatplaneten sehr schnell kennen und lieben. Kiwi hatte eine positive, liebenswerte Ausstrahlung, so zart und klein wie sie war, weckte sie in jedem einzelnen von Majas Söhnen sofort den Beschützerinstinkt, sie wurde von ihnen liebevoll in die Familie aufgenommen als kleine Schwester. Die Brüder waren froh darüber, dass ihre Mutter auch nach ihrem Weggang nicht allein war.

Außerdem war Kiwi in einem Alter, in dem sie noch die Legatsschule besuchen musste, Bildung war wichtiger als alles andere in dieser Zeit. Nur durch Bildung, durch Wissen um die Vergangenheit, um das Kennen lernen der Vorzeitfehler war es den Terronen möglich, nach vorn zu blicken und Friede und Gesundheit zu bewahren und auch für die Zukunft zu sichern.

Maja genoss ihre neuen Aufgaben, die sie durch Kiwi erfuhr. Sie lebte durch dieses Kind, welches das Schicksal ihr zugespielt hatte, blühend auf, war von Herzen gern Mutter des klugen Mädchens.

Die Jahre vergingen wie im Flug. Aus der kleinen Kiwi, die ängstlich und verstört unter dem Umhang Mydas hervor gekrabbelt war, hatte sich eine junge, sehr hübsche und geheimnisvolle Frau entwickelt. Maja war stolz auf ihre Tochter, liebte sie genau so wie ihre Söhne, die ihren Aufgaben in der Sternenwelt folgten, weit, weit weg von zu Hause.

Oft wanderten Majas Gedanken durch die Galaxien, um immer wieder auf der Venus zu verweilen. Ganz tief in sich verborgen ließ sie Xenos in sich weiterleben. Maja seufzte. Xenos, der von Andromeda kam und ihr damals so viel Freundliches und Schönes gegeben hatte. Und Maja dachte an Yook und an die längst vergangene, traumhafte Nacht.

„Vergiss Yook." Kiwi sah von ihrem Monitor, auf dem sie gerade wichtige Übungen für ihr Studium machte, nicht hoch. „Vergiss ihn, Maja. Er ist nicht stark genug, um dich glücklich zu machen." Völlig konzentriert tippte Kiwi in ihrer Lehrdatei weiter herum.

„Wie???" Maja war verwirrt. Wie konnte Kiwi wissen, dass sie gerade in diesem Moment an Yook dachte? „Sag mir, Kleines, ich habe doch nur gedacht. Oder beginne ich etwa, senil vor mich hinzuplappern?" Maja schüttelte Stirn runzelnd ihren Kopf, ihr immer noch blondes, langes Haar fiel dabei knisternd um ihre schmalen Schultern.

„Du hast ziemlich laut gedacht, Maja." Kiwi kicherte, zwinkerte ihrer Mutter zu. „Ich konnte deine Gedanken sehr genau wahrnehmen. Xenos, der Mann von der Venus, er wäre stark genug für dich gewesen. Doch ich weiß, er war zu jung und er ist gebunden." Kiwi wandte sich wieder ihrem Monitor zu. Argonautik – sie mochte dieses Fach gar nicht. Astronomie und Astrologie, das war es, was sie den ganzen Tag in sich aufnehmen wollte.

Maja war sprachlos. Kiwi konnte ihre Gedanken lesen? Sie wusste von Yook und Xenos? Hoppla, Kiwi war also wirklich eine Seherin!

„Ich kann es nicht immer, Maja, nur hin und wieder. Am besten geht es, wenn ich es gar nicht will. Ganha hat mir gedanklich zukommen lassen, dass ich lernen werde, es zu beherrschen. Ich bin noch sehr jung mit meinen fast zwei Dekaden, Maja, doch ich weiß schon jetzt, dass die Gedankenleserei zu meinen späteren Aufgaben gehören wird. Es ist einfach so. Wenn du mir ganz nah bist, sind deine Gedanken auch meine. Also, wenn ich nicht in dir lesen soll, halte Abstand von mir, ich werde versuchen, nicht in deinem Kopf zu stöbern."

Entschuldigend sah Kiwi ihre Mutter mit fragendem Blick an. Maja lächelte. Ganha hatte also richtig gesehen. Kiwi war tatsächlich ein Orakelkind, jetzt wohl schon eher eine Orakelfrau. Sie hatte tatsächlich die Gabe des Gedankenlesens.

„Wir werden Ganha aufsuchen und mit ihr besprechen, was zu tun ist, Kiwi. Es ist in Ordnung, dass du lesen kannst. Nur, du musst lernen, es zu beherrschen, damit es dich nicht zu sehr belastet, mein Herz. Gleich morgen werden wir sie aufsuchen, ja?" Kiwi nickte heftig und zwinkert Maja übermütig zu. Seit langem schon hatte sie die Furcht vor Ganha und den anderen weisen Frauen verloren. Sie freute sich auf das Gespräch mit ihren vielen gedanklichen Müttern.

Maja verließ nachdenklich den Raum. Kiwi war inzwischen neunzehn Jahre alt, sehr zart und zierlich von Statur mit hübschen, mädchenhaften Rundungen. Dafür war sie umso stärker in ihrem Willen. Sie war intelligent, sehr aufmerksam und unglaublich belesen.

Die anderen jungen Terronen verstanden sie nur schwer, denn sie war in ihrer Entwicklung so gut wie gar nicht mit gleichaltrigem Terronennachwuchs zu vergleichen. So hatte sie auch nur zwei wirklich richtige Freunde.

Da war Than, Kiwis Schulfreund. Seine Eltern waren nicht gerade reich an weltlichen Gütern, doch Than war, wie sie selbst, intelligent und dazu auf eine ganz sensible Art listig und sehr herzlich. Kiwi mochte ihn von Anfang an, seine großen, rabenschwarzen Augen, die das ganze, in leichtem Bronzeton schimmernde Gesicht beherrschten, sein ewig lächelnder Mund. Seine Art, Probleme zu erkennen und zu lösen, hatten Kiwi als Kind schon in ihren Bann gezogen. Than war einen ganzen Kopf größer als sie, muskulös und trotzdem sehr schlank. Die beiden wurden schnell unzertrennlich, strahlten gemeinsam etwas undefinierbar Merkwürdiges aus und wurden aus diesem Grund seit jeher von den anderen Kindern der Sternenschule respektvoll lieber aus der Ferne begutachtet. Nicht böse, nein, eher mit dem Akzent: Sicher ist sicher!

Und es gab Niva, sie war die Mittlerin zwischen Kiwi, Than und den anderen Kindern, vertraute beiden, war überall beliebt und genoss von allen anderen Terronen, ob Kind oder erwachsen, das Vertrauen. Auch sie war etwas Besonderes: Das weiße Terronenmädchen nannte man sie. Ihre langen feinen Haare waren schneeweiß, die hellgrauen Augen, weiß umwimpert, gaben Niva ein leicht gespenstisches Aussehen.

Milchigweiße Haut, ein blasser Mund – sie war beeindruckend in ihrer sehr zarten Schönheit anzusehen. Mitunter schien es, als sei sie durchscheinend. Und dennoch, dieses selten zarte Geschöpf hatte, bei all ihrer Unscheinbarkeit, ein großes, warmes Herz und trotz ihres an Kindlichkeit grenzenden Äußeren immer eine offene, helfende Hand.

Kiwi dachte an die Beiden während sie mit Maja im Aeroporter saß.

Der Weg zu den weisen Frauen führte durch freies Land, riesige, wogende Felder mit blühenden Blumen durchsetzt und glitzernde Bäche zogen unter ihnen dahin. Wie schön, dass es im zwanzigsten Jahrhundert Menschen gegeben hatte, deren Lebensinhalt der Erhalt der Umwelt, des grünen Landes, des klaren Wassers und der sauberen Luft gewesen war. Dadurch hatten auch die nachfolgenden Generationen die Möglichkeit, ihre Kinder in einer heilen Umwelt aufwachsen zu sehen, die Tierwelt zu entdecken, Wasser zu trinken und ihre Nahrung auf natürlichem Wege herzustellen. Die Dezimierung der Terronen, ihre Auswanderung auf andere Sternenwelten, die Einschränkung der Vermehrung, die im Jahre zweitausend für große Unruhen gesorgt hatte, all das hatte dazu beigetragen, dass sich Terra als blauer Stern im All weiter drehen durfte.

Die Terronen wussten vor dem dritten Jahrtausend noch nichts von Siya und Guruch, sie kannten zwar Gott und den Teufel, das Gute und das Böse, den Hass und die Liebe, doch sie nutzten sie nicht gemeinsam. Nein, sie kämpften gegeneinander und machten sich das Leben schwer, wo es nur ging. Bis es fast zu einer gewaltigen Katastrophe kam, die beinahe die alte Erde zerstört hätte.

Nur durch Zufall wurde Terra durch Siya, die den Menschen die aufrichtige Liebe brachte und damit die Weitsicht und die Erkenntnis, gerettet. Aber es gab auch Guruch, der sich in die Welt der Menschen schlich. Auch Guruch war wichtig, denn er war die andere Seite des Gleichgewichts, das Mahnen, die Erinnerung an das Böse und den Terror, damit die Menschen das Gute weiter schätzten und pflegten.

„Sieh nur, Kiwi!" Maja deutete auf eine Herde von braunen, weißen, goldenen und gefleckten Tieren. „Pferde! Wunderschöne Tiere, noch Boten aus der alten Zeit. Sie werden gehütet vom alten Stamm und leben hier zufrieden in der Natur, um den Menschen zu dienen und sie zu erfreuen."

Die Pferde galoppierten unter dem Aeroporter davon, buckelnd und wiehernd, ein beeindruckender Anblick.

„Wozu benutzt man sie, Maja?" Kiwi genoss das Bild der wunderschönen Vierbeiner. Auf Andromeda, so konnte sie sich schwach erinnern, gab es nur sechsbeinige Huxen, den terronischen Hunden ähnlich. Sie konnten nicht bellen wie die Hunde hier auf Terra und sie waren hässlich wie eine Nacht ohne Mond und Sterne. Doch sie gaben wunderbare, schmeichelnde Gesänge von sich, die den Andromedanern Trost und Freude schenkten. Fast jeder dort oben hatte einen Hux, der fest zur Familie gehörte.

„Sie tragen uns, wenn wir es möchten. Die Pferde sind uns sehr ergeben. Sie sind treu, leichtfüßig und ehrlich. Mit ihnen kann man auch verborgene Winkel in Wäldern erreichen. Mutige, großherzige, gute Geschöpfe, die noch aus ganz grauer Vorzeit stammen."

Kiwi nickte. „Ob ich mich wohl auch einmal von einem Pferd tragen lassen darf, Maja?" Maja lachte ihre Tochter fröhlich an. „Du musst es erst lernen, dich von einem Pferd tragen zu lassen. Es ist nicht so leicht, weißt du? Wir werden es einmal probieren, ich verspreche es, Kleines."

Kiwi strahlte über das ganze Gesicht. In ihre Augen trat ein Leuchten, das das Grün noch mehr strahlen ließ als Maja es für möglich gehalten hätte.

Völlig unerwartet zuckte Kiwi zusammen. Das Grün ihrer Augen verdunkelte sich, ihre Haut wurde eine Spur blasser, sehr ernst sah die junge Frau aus. Maja schaute sie erstaunt an. Streckte ihre Hand aus, um über Kiwis Haar zu streichen, erstarrte aber, bevor sie ihre Tochter berühren konnte. Mit dunkler, etwas rauer Stimme, begann Kiwi zu sprechen:

„Er ist da! Er wird versuchen, deine Gedanken zu entführen. Er hasst uns und unsere Zufriedenheit. Guruch will uns zerstören Maja!"

Maja erschrak. Kiwi saß ihr gegenüber, kerzengerade, starr aufgerichtet, den Blick jetzt in eine unendliche Ferne gerichtet, sehr blass und wirklich sehr, sehr ernst.

„Siya beschützt uns, Kiwi, fürchte dich nicht. Sie hat mir ein neues Ich gegeben, stark und stolz, Guruch kann mir nichts antun, er hat keine Macht mehr über mich." So ganz sicher fühlte Maja sich allerdings nicht, denn sie sah, dass Kiwi in ihrem Kopf einen Kampf kämpfte, der die junge Terronenfrau unheimlich reif und erwachsen aussehen ließ. Kiwis Augen sahen plötzlich wissend und weise aus.

Intensiv blickten sie in Majas Augen, ganz fest, wie gefesselt. Maja sah in diesem Blick Siya vor sich. Siya, die ihr Gedankenschutz vor Guruch brachte.

Genau so schnell, wie diese Situation entstanden war, war sie auch wieder vorbei. Ein Spuk! Ein Spuk?

Kiwi entspannte sich, besorgt nahm Maja ihre Hand, strich zart über sie.

„Kiwi, was war das?" Maja war erschrocken und erstaunt zugleich.

„Guruch hat versucht, auch in deine Gedanken einzudringen, Maja. Doch er konnte keine Macht über dich bekommen, ich habe ihn zu schnell entdeckt. Siya war bei uns und hat uns geholfen. Guruch wird uns nicht schaden." Kiwis Stimme war jetzt wieder hell und klar, die Stimme einer jungen Terronin. „Ich weiß nicht, wieso das so ist. Ich fühle nur, dass es so sein muss." Sie schloss die Augen und fiel übergangslos in einen tiefen Schlaf. Maja ließ sie ruhen, bis sie bei den weisen Frauen ankamen.

Siya hatte Kiwi zu ihr geschickt, damit sie mehr Schutz vor Guruch hatte, sie wusste es schon lange. Doch war es der einzige Grund, weshalb Kiwi bei ihr auf Terra war? Die weisen Frauen würden eine Antwort finden, Maja nahm sich vor, sie dazu zu befragen.

In Ganhas Räumen

Kiwi hatte den Schlaf der Erschöpfung geschlafen. Doch nun, da sie im Haus der weisen Frauen angekommen waren, fühlte sie sich wach und ausgeruht. Guruchs Attacke hatte sie für sich verarbeitet, sie war als Gewinnerin aus dem Kampf, den Guruch angestrengt hatte, hervorgegangen.

Ganha nahm Kiwi in ihre Arme, drückte sie liebevoll an sich und gab ihr zur Begrüßung einen Kuss auf die Stirn. Erst danach begrüßte sie Maja in gleicher Weise. „Sei willkommen, Maja. Es ist die richtige Zeit, uns aufzusuchen. Guruch plant einen Angriff auf die Zufriedenheit der Terronen, berichtete Kiwi mir." Sehr ernst und besorgt schaute sie Maja in die Augen. Ein eigenartiges Gefühl breitete sich in Maja aus, brennend wie Feuer – jedoch ohne Schmerzen – hinter der Stirn, ein Schaudern jagte über die Haut der Hüterin Kiwis.

Wieso wusste die alte Frau schon von der Attacke Guruchs? Hatte Kiwi Ganha schon berichtet, was im Aeroporter vor sich gegangen war? Sie hatte keinen Ton gehört! Ganha und Kiwi hatten noch nicht ein Wort gewechselt. Kiwi lachte ihre Ziehmutter an.

„Ach Maja, verzeih, ich vergesse es immer wieder. Ganha versteht wie ich, in unseren Gedanken zu lesen. So haben wir uns schon vorab ein wenig ausgetauscht." Schuld bewusst sah Kiwi zu Maja auf. „ Ich werde lernen müssen, Rücksicht auf dich zu nehmen und dir zu erzählen, was in meinem Kopf vorgeht."

Inzwischen waren die anderen Frauen in Ganhas Räumen eingetroffen. Kiwi sah sich neugierig um. Bei ihrer ersten Begegnung mit den Weisen war sie verängstigt und traurig gewesen, hatte nur an Myda denken können, Myda, die sie einfach verlassen hatte.

Doch nun ließ sie ihre Blicke schweifen. Die Wände der Räume waren in einem schlichten Weiß gehalten. Hunderte von kleinen und großen Bildern waren aufgehängt, so dass nicht viel von den hellen Wänden zu sehen war. Tiere und Menschen konnte Kiwi sehen, Pferde, Hunde, Katzen, Vögel. Und Blumen, Bäume, große und kleine Terronen. Fische im Meer, so groß wie Häuser, bizarres, buntes Gewürm. Jedes einzelne dieser Bilder prägte Kiwi sich ein, die Bilder waren Vergangenheit und Zukunft zugleich, sie wusste es.

Die Decken der Gemächer waren in jedem Raum anders gestaltet. Mal waren sie hohe Gewölbe, Nachtblau mit silbernen Sternen verziert, mal eben und flach in Blutrot und Gelb gehalten. Die Decke eines Raumes neigte sich zum Mittelpunkt führend steil herab, so dass kaum auch nur eine kleine Person, nicht einmal ein ganz junges Kind aufrecht in der Mitte des Zimmers stehen konnte. Ein anderer Raum schloss mit einer schneckenförmig gewundenen Decke ab, gelb-orange schimmerndes Licht ließ die Stimmung in diesem Gemach ruhig und geborgen erscheinen.

In diesem Raum berieten sich Ganha und ihre Weisen mit Maja und Kiwi. Hier waren sie sicher vor jedem Gedankenspion, vor allem Bösen, das lauschen und hassen wollte.

„Siya hat also die Gabe des Sehens in dir erweckt, Kiwi." Laut und deutlich sprach Ganha, denn sie wollte nicht noch einmal unhöflich gegen Maja sein. „Das ist gut so, denn die Zeit ist reif. Du kannst lesen und hören, was anderen durch die Köpfe geht. Bald schon wirst du wissen, was die Zukunft bringt. Hab keine Angst, du bist sehr stark, bist auf der ersten Stufe der steilen Orakeltreppe. Du bist stärker als du selber annimmst." Die weisen Frauen nickten zu den Worten Ganhas.

„Du hast Guruch gesehen, Kiwi. Guruch ist sehr böse, nicht wahr?"

Kiwi sah von einer weisen Frau zur nächsten. Mit jeder einzelnen nahm sie innigen Blickkontakt auf, jede schenkte ihr ein freundliches, tiefes Lächeln, welches das hübsche, junge Mädchen ebenso erwiderte.

„Guruch ist sehr böse, meine klugen, wissenden Mütter.", begann Kiwi zu erzählen. „Er ist voller Zorn auf Siya, die uns schützt. Voller

Hass auf Maja, die stolz und fröhlich durch die Liebe ihr neues Ich gefunden hat. Wut und Boshaftigkeit versprüht er gegen Ganha und die elf Frauen, die Siyas Dienerinnen sind und durch ihre Weisheit den Terronen die Liebe erhalten." Kiwi atmete tief durch, bevor sie weiter sprach. „Grausam hässlich ist er. Er riecht nach Schwefel und Ruß, ich habe es in meinem Kopf gerochen. Seine braune Haut ist faltig und derb wie ungewalktes Leder. Aus seinen kleinen, eng zusammenstehenden Augen blicken blutigrot unterlaufene, gelbe, geschlitzte Pupillen hervor. Sein graues Haar ist lang und dünn, weht strähnig um seinen hässlichen, kleinen Kopf herum."

Ein Raunen ging durch das Schneckenzimmer. Maja konnte deutliches Entsetzen in den Gesichtern der alten Frauen sehen. Sie hatte sich schon gedacht, dass Guruch nicht gerade ein Ausbund an Schönheit sein konnte.

„Am schrecklichsten sind seine Hände. Lange dünne Finger, schmutzig mit gebogenen dreckigen Krallen daran. Und seine Zähne, braun und einfach hässlich schauen sie aus einem Mund mit schmalen, krustigen Lippen hervor. Gruselig."

Ganha nickte Maja zu. „Kiwi hat Guruch wirklich gesehen. Er ist ihr in ihren Gedanken begegnet, genau so sieht er aus."

Maja erschrak. Würde nun wieder alles von vorn beginnen? Sollten Einsamkeit und Kälte noch einmal ihr Leben bestimmen?

„Nein Maja! Fürchte dich nicht." Kiwi hatte verstanden, was Maja dachte. „Du bist in Sicherheit. Stehst, genau wie Ganha, die weisen Frauen und ich, unter Siyas Schutz. Jedoch dürfen wir nicht nur an uns denken. Guruch will Terra vernichten, die Zufriedenheit, das Glück und die Liebe. Es ist bald der tausendste Jahrestag, an dem Siya ihn zurückgewiesen hat."

Guruch war nicht immer so hässlich gewesen. Der Zorn und die Gemeinheit hatten ihn so werden lassen. Er trug die ganze Saat des Bösen in sich, seit Siya seinem Wunsch, sich mit ihm zu verbinden, abgelehnt hatte. Sein gekränktes, beleidigtes Ich entgleiste zu dem boshaften, widerlichen, alle so sehr erschreckenden alten Geist des Bösen. Er würde Siya ewig hassen, ihr nie vergeben.

Ganha setzte Kiwis Monolog fort. „Jede von uns hat die Aufgabe, die Terronen zu schützen und Hass und Verzweiflung von den Menschen fern zu halten. Dafür hat Siya uns Kiwi von Andromeda gesandt."

Maja spürte, wie sich etwas in ihren Kopf schlich. Durch hell strahlendes Licht streckten sich ihr zwei offene Hände entgegen, die ihre Gedanken umfingen. Aus weiter Ferne hörte sie ein helles Wispern: „Du bist eine Mittlerin der Liebe, Maja." Aus einer anderen Ecke flüsterte es: „Vertraue uns und dir selber, Maja, du bist stark und klug. Durch deine Fürsorge ist es gelungen, Kiwi auf ihre großen Aufgaben vorzubereiten."

Von oben, aus den kleinsten Windungen des Schneckenhauses, so schien es Maja, rief eine feine Stimme: „Mit der Kraft der weisen Frauen, unter dem Schutze Siyas und mit deinem großen Herzen wirst du durch deine Liebe zu Kiwi helfen, die Welt der Terronen zu bewahren, so wie sie ist. Glaube nur an dich. Und glaube an Kiwi, deine Tochter."

Die Stimmen verhallten leise und zart klirrend, bis Maja eine völlige Ruhe in ihrem Kopf wieder fand.

„Siya hat dich besucht, Maja. Sie hat deine Gedankenkraft gestärkt und wird dich nicht verlassen. Wir alle haben es mitgelesen. Guruch wird uns nicht in seinen dunkelschwarzen Abgrund zerren. Nicht, so lange du die Hoffnung für alle Terronen behältst und Kiwi dein großes Vertrauen schenkst."

Ganha blickte zuversichtlich in die Augen Majas. Leise und bestimmt sprach sie weiter: „Wir werden, auch wenn der Moment kommt in dem es kaum noch Hoffnung gibt, zur richtigen Zeit Hilfe von den Sternen bekommen, Maja. Sei mutig für Kiwi, denn sie wird uns vor jeder Gefahr warnen."

Maja staunte, wie gelassen sie alle diese wundersamen Dinge in sich aufnahm. Ganha und die Frauen sahen zufrieden in ihre Augen. Maja wusste, sie konnte sich immer auf die Weisen verlassen. Langsam bekam das Auftauchen des damals so einsamen Kindes einen wirklich tiefen Sinn. Maja verstand: Sie sollte Kiwi im Kampf um das Überleben Terras unterstützen und sie weiter begleiten.

Dankbar verabschiedete sich Maja von Ganha. Und dennoch: Konnte Kiwi dieser großen Aufgabe gerecht werden? Hatte sie genug Liebe in sich, die für alle Terronen ausreichte? Kiwi war doch noch so jung …

Ganha verneigte sich zum Abschied vor Maja und dann vor ihrer Tochter. „Die Liebe entdecke in Dir selbst. In deiner Seele, mit deinen Augen, deinen Sinnen und in deinem Körper. Dann geh hinaus ins Leben und verschenke sie. Du wirst glücklich sein und das Glück mit großem Herzen teilen und so den Menschen Hoffnung geben."

Maja lächelte, als sie in den Aeroporter stieg. Völlig entspannt glitt sie mit der nachdenklichen, sehr stillen Kiwi durch die Sternen funkelnde Nacht nach Hause.

Guruchs Hass

Keiner konnte genau sagen, wie viele Gedankenspione von Guruch ausgesandt wurden. Heimlich und hinterlistig, kleine, bösartige Qualen hinterlassend versuchten sie, Schwächen und Mutlosigkeiten in den Terronenköpfen aufzuspüren und sie zu schüren. Guruch hatte seine gemeinsten und hinterhältigsten Boten geschickt, um Hass und Argwohn, Lügen und widerliche Heucheleien unter den Menschen zu verteilen.

„Am Geschicktesten wäre es, wenn sie sich gegenseitig vernichten würden. So, wie es vor tausend Jahren fast gelungen wäre. Krieg! Hass! Folter! Hunger und Grauen sollen sie verbreiten!"

Hämisch lachend sah er sein Spiegelbild an. Fast blind war dieser Spiegel schon, ur-ur-alt, das einzige Gegenüber, das Guruch zählen ließ: Sein Spiegelbild! Es widersprach ihm nicht und war so gruselig hässlich, dass er es gern akzeptierte.

„Qual! Schmerzen und eisige Kälte. Klirrende Einsamkeit und abgrundtiefes Leid sollt ihr erfahren, ihr Terronen!" Blechern und scheppernd hörte sich die Stimme Guruchs an, der in der Tiefe seiner dunklen, feuchten Höhle auf das Zurückkehren seiner Spione und Boten wartete. „Du sollst leiden, Siya. Sollst bereuen, dass du mich damals abgewiesen hast. Sollst beißende Tränen um deine Menschen vergießen, die dich so alt und hässlich machen wie ich es geworden bin. Das Volk der Terronen soll untergehen, dir keinen Grund für deine Existenz mehr lassen."

Guruch schloss seine kleinen, ekligen, klebrig-verschleimten Augen, seine schmalen Lippen und die fahlen Wangen bebten. Zitternd kreischte er:„Jaaahhh! Du sollst zu Grunde gehen, grausame Qualen und Schmerzen verspüren, bitter weinend um deine Lieblinge dich am Boden winden und um Gnade winseln, jaaahhh!"

Grell kichernd rieb Guruch sich seine stinkenden, langfingrigen, schmutzigen Hände. „Leide, Siya, leide! Es lebe der Hasssssss!"

Wie aus dem gefährlich zischelnden Maul einer doppelzüngigen Giftschlange stob das Wort Hass durch die kalte, dunkle, grauenvolle Nacht der Höhle, in der Guruch hauste. Noch Minuten später zischte das scharfe sssssssss durch die Ecken und Winkel, als Echo getragen, von Zacken und Kanten immer wieder gegen die glibbrigen Wände geworfen. „Hasssss" – gefolgt vom hämischen, irren Gekicher Guruchs. Er würde es schon erreichen, genug gedankenlose Terronen zu impfen mit seinen Grauen bringenden Ideen. Seibernd und geifernd wartete er auf seinen großen Auftritt.

Guruchs Spione waren draußen auf Terra auf der Suche. Nur ganz selten gelang es ihnen, in die Köpfe hilfloser oder trauriger Menschen einzudringen und die böse Saat zorniger Gedanken in die Wünsche der verletzlichen Terronen zu pflanzen. Durch Leid und Verlust geschwächt, hatten nur einige wenige einen kargen Nährboden für diese Saat, und viele der traurigen Menschen waren zu schwach, um dann auch noch für Guruch zu kämpfen.

Saukh, ein noch ganz junger Gedankenspion Guruchs war besonders klein, sehr boshaft und über alle Maßen hinterlistig. Er schlich sich mit Vorliebe in die Köpfe der Kinder, der jüngsten Terronen und der ganz jungen noch nicht fertig erwachsenen Menschen. Schmalzig schmeichelnd, Missverständnisse aussäend, das Wachsen des Sinnes für Gerechtigkeit in den Jungen und Mädchen Terras blockierend, begab er sich in die Köpfe und die fantasievollen Gedankenspiele der Jugend des blauen Planeten. Die kindlichen Terronen waren noch lange nicht reif genug, um zwischen Gut und Böse in vollem Umfang zu unterscheiden. Oder auch nur, um das Böse als schlecht zu erkennen.

Saukh fand auf seiner Hass erfüllten, abenteuerlichen, bösartigen Reise auch zu Than. Vom Ehrgeiz gepeinigt, wollte er vor Guruch und den anderen Spionen damit prahlen, Than, den Freund Kiwis, für sich gewonnen zu haben. Somit würde er ganz bestimmt auf Guruchs Leiter des Hasses und der Gemeinheiten ganz oben stehen.

Heimlich und listig schlich er sich durch das Spiegelbild Thans über seine großen schwarzen Augen in dessen Gedanken.

„Deine Augen sind viel größer und schöner, als die Kiwis." Schmalzig suggerierte der böse Saukh es dem Freund des Orakelmädchens. „Und sie haben viel mehr Ausstrahlung. Du bist sehr schlau, Than, viel schlauer als Kiwi. Und überhaupt: Aus welchem Grund ist eigentlich dieses Mädchen immer der Mittelpunkt? So toll und schön ist sie nun auch nicht, gegen dich ist sie eine dämliche, rothaarige Kröte!"

Than sah sein Spiegelbild erstaunt an. So hatte er noch nie gedacht. Erstaunlich. Aber wieso eigentlich nicht? Wenn man es recht betrachtete, dann war Kiwi eine verwöhnte, zickige, verhätschelte Göre, die sich nicht alles erst verdienen musste so wie er. Than kniff seine Augen ein wenig zusammen. Noch nie hatte er sich so überlegen gefühlt, so erwachsen und mächtig.

„Ha!" Laut kam es über seine Lippen. „Schluss mit dem Kinderkram. Jetzt wird das rothaarige Ding mal nach meiner Nase tanzen!" Kaum hatte er es gesagt, sprühten Funken aus der Tiefe seiner Augen und es war ihm, als hörte er ein schepperndes, hämisches Gelächter tief in seinem Kopf. Es wurde leiser und leiser und nach ein paar Sekunden war es ganz verschwunden.

„Upps!" Than staunte. Was war denn das? Grausige Gedanken, nein, wie kam es nur, dass er so von seiner besten Freundin denken konnte? Aber – waren diese Gedanken nicht natürlich? Wieso also sollte immer nur Kiwi der Nabel aller Dinge sein? Than schob verlegen lächelnd dieses seltsame, falsche Gebilde seiner Vorstellungen zur Seite. Kiwi war schon immer das Orakelkind gewesen, das die Terronen hüten sollten, nicht wahr? Jeder wusste das und akzeptierte es.

– Oder?

Saukh lachte, überschlug sich mit grässlich furchtbaren Grimassen und wirbelte übermütig kreischend davon. Ein ganz kleines Korn war von seiner Saat in Thans Gedanken liegen geblieben. Es würde schon bald zu keimen beginnen, da war Saukh sich sicher.

Er machte sich auf zu Niva. Hatte er doch von Guruch gelernt, dass über die Verbösung der Gefährten auch die geliebten Kinder Siyas mit Hass und Zorn und Einsamkeit beeinflussbar waren.

Stürmisch, wie ein unbändiger Wirbelwind, drang Saukh in Nivas Gedanken und Wünsche ein. Schrie schrill und grell in dem Kopf des kleinen, zarten, weißen Mädchens herum: „Du bist so hässlich, Niva! So farblos und blass. Durchscheinend wie du bist, wirst du niemals strahlen so wie Kiwi. Klein und nichts sagend bist du, wirst nie neben ihr wirklich bestehen, wirst dich immer ausnutzen lassen." Und genau so überfallsartig, wie er in Nivas Gedanken eingedrungen war, genau so stürmisch verließ er das unscheinbare Menschenkind.

Atemlos war Niva erstarrt. Welch Attacke hatte da stattgefunden in ihrem Kopf?

Sie sah in den Spiegel. „Ich bin gut so, wie ich bin!", befand sie für sich. Nichts konnte sich zwischen sie und Kiwi stellen, sie gehörten einfach zusammen – oder?

Saukh genoss diesen Moment schamlos und voll grausamer Lust. Auch bei Niva war jetzt eine Saat gelegt. Er brauchte nur noch abwarten. Nicht lange, dachte er gehässig. Die drei Freunde sollten sich schon bald wieder treffen. Faul ließ er sich durch seine böswillige, ätzend gruselige Gedankenwelt treiben, ganz sicher würde er erfolgreich sein.

Freunde?

Am nächsten Tag sollte ein großes Treffen der Terronenkinder und Studenten in dem Kommunikations- und Erlebniszentrum stattfinden. Kinder aller Altersgruppen trafen sich, um von bereits erfahrenen Terronen zu ihrem Wissensstand befragt zu werden, den sie sich mit Hilfe ihrer Computer im Lernnetz angeeignet hatten. Jedes dieser Kinder wollte gern in die nächste Stufe eingewiesen werden, um noch mehr und schwereres Wissen zu erlangen um so schnell wie möglich zu den endlich Studierenden zu gehören.

Than, Niva und Kiwi waren seit einigen Jahren auf dem gleichen Level, sie lernten alle drei schnell und eifrig, hatten schon ein erstaunlich großes Wissen gespeichert und gemeinsam einige Stufen übersprungen. Alle Drei gehörten seit zwei Jahren zu den Studenten, die Terra am Ende ihrer Ausbildung so dringend brauchte. Führende, kluge, wissende Persönlichkeiten.

Schon von weitem winkend stürmte Kiwi auf ihre Freunde zu. Endlich, endlich sah sie Niva und Than wieder, schon so lange hatten sie sich nicht Auge in Auge gegenüber gestanden.

Than und Niva blickten Kiwi unsicher lächelnd entgegen. Eigentlich sprach doch gar nichts dagegen, dass sie ihrer Freundin wie sonst auch entgegen liefen, oder?

Kiwi stutzte. Beinahe schon hatte sie Freunde erreicht, doch – irgendetwas war anders als sonst! War es das unsichere Lächeln? Die verlegen auf den Boden gerichteten Blicke? Oder lag es daran, dass Niva noch ein wenig blasser und durchsichtiger aussah als sonst?

Vorsichtig tastete Kiwi sich in Nivas Gedanken hinein. „Oder?", las sie dort. Bei Than genau das Selbe. „Oder?" Mehr nicht, nur: Oder!

Kiwi erstarrte. Dieses Wort, es war ein Oder des Zweifels, des Neides, sie konnte es deutlich erkennen. Doch warum? Der Name Saukh schoss in ihren Kopf. Ein Bild von ihm, hässlich und gruselig, entstand vor

Kiwis innerem Auge. So fürchterlich, dass Kiwi eine Gänsehaut bekam. Sie sah ihn als das, was er war, ein böser, grausamer Gedankenspion Guruchs.

„Hallo, ihr beiden!", begrüßte sie Than und Niva. Ohne die sonst so herzliche Umarmung, ohne die aufgeregten Erzählungen, die sonst die vergangenen Erlebnisse der Drei nach sich zogen.

Niva schien noch ein wenig durchsichtiger zu werden, so als ob sie am liebsten gar nicht mehr von Kiwi gesehen werden wollte. Than hingegen kniff seine wunderschönen schwarzen Augen zu Schlitzen zusammen und knurrte nur ein „Hi!" zwischen seinen zusammen ge-bissenen Zähnen hervor.

Kiwi trat ganz nah an die Zwei heran, streckte ihre Hände aus und hielt sie, die offenen Handflächen nach oben gewendet, Niva und Than entgegen. `Schenkt mir, was euch bedrückt.´, dachte sie so intensiv sie konnte. `Bitte!´ Fordernd dachte sie es und sehr bestimmt.

Ein Gefühl sagte ihr, dass sie jetzt gewinnen musste gegen die Saat Saukhs. Nur dieser Moment war es, der die drei Freunde noch wieder vereinen konnte, der die Kraft hatte, alle Zweifel und alles Misstrauen zu besiegen.

Kiwi schloss ihre Augen. `Bitte, Siya, gib mir den Mut und die Stärke diesen Kampf zu gewinnen, sei bei mir.´

Niva öffnete sich als Erste. `Nie werde ich so hübsch aussehen wie Kiwi.´, dachte sie. `Nie so wichtig sein, so klug ...´

„Du bist meine beste Freundin, Niva. Dein großes Herz und deine Güte lassen dich strahlen und machen dich wunderschön. Danke Siya für dein helles Äußeres. Sie hat dir eine große Gabe geschenkt, die du als wichtige Geste einsetzen wirst, um Terra zu retten." Lächelnd nickte Kiwi ihrer blassen Freundin zu. „Folge nicht diesen bösen Zweifeln, sie werden uns trennen." Kiwi nahm Niva liebevoll und freundschaftlich in ihre Arme. Langsam, ganz langsam wich der Zweifel aus Nivas Blik-cken. Ein Strahlen trat in die hellgrauen Augen des weißen Mädchens, die blassen Lippen formten sich zu einem erleichterten Lächeln. Fast schien es so, als zöge ein leichter Hauch von Rosa über Nivas Wangen. „Kiwi!" Sie drückte ihre Freundin herzlich und voller Freude an sich. „Schön, dass du da bist. Du hast mir so gefehlt. Und es ist weg, es, das Böse, das meine Gedanken fesseln wollte. Danke dir!"

Than hingegen wollte verschlossen bleiben. ʿPah! Mädchen!ʾ, dachte er und sah trotzig auf Kiwi, die ihm immer noch die geöffnete Hand entgegen hielt. ʿBitte, Than! Gib mir das, was dich bedrückt. Schenke mir deine quälenden Zweifel.ʾ Während Kiwi sanft in die Gedanken ihres Freundes eindrang, sah sie ihm fest in die Augen, ganz fest.

ʿIst Kiwi wirklich eine kleine verwöhnte Göre?ʾ, dachte er. Sie war doch seine Freundin, die bis jetzt immer mit ihm durch Dick und Dünn gegangen war. Die ihm, ohne etwas zu verlangen, von ihrem Wissen abgegeben hatte, die zu ihm hielt, wenn es nötig war, auf die er sich immer verlassen konnte. Oder?

Da war es wieder, das Oder. Es war böse, voller Zweifel und stand der Neugier und dem besseren Wissen entgegen.

ʿEs versperrt dir den Weg in die gute Zukunft, Than.ʾ Kiwi dachte es mit all der Kraft, die ihr zur Verfügung stand. ʿDenke, Than, denke! Dieses Oder hat dir Saukh geschenkt, Saukh, der böse Gedankenspion Guruchs. Es ist nicht deines, Than. Trenne dich von diesem bösen Oder! Sei mein Freund und wie sonst auch ein Kind Siyas. Sie braucht dich bald als ihren starken Vertreter zur Rettung Terras. Ich schenke dir ein neues Oder, eines, das dich stark und stolz macht und deine Augen wieder lächeln lässt. Du bist mein liebster Freund, Than, oder?ʾ

Than hob seinen Kopf und sah Kiwi stolz entgegen. Doch wich die trotzige Kälte aus seinen Augen, sein Blick entspannte sich, lachend stürzte er auf Niva und Kiwi zu und ließ das Böse hinter sich.

Die drei jungen Terronen hielten sich nun bei den Händen und sahen sich an. Ein völlig neues Gefühl der Stärke und der Verbundenheit überfiel sie in dieser Sekunde. Sie wussten: Nichts und Niemand würde jemals in der Lage sein, sie zu trennen, ihre Freundschaft zu zerstören.

Saukh hatte verloren. Kreischend und bösartig, von Zorn und Wut geschüttelt, stob er sprühend vor Hass aus den Gedanken der wieder unerschütterlich zusammen haltenden Freunde. Widerlich keifend zog er weiter, so konnte er seinem Herren nicht unter die kleinen hässlichen, bösen Augen treten, so nicht!

Die Gaben Siyas

Kiwi, Niva und Than hatten sich im letzten möglichen Moment zum Glück aller Terronen von Saukh befreien können.

„Ich war gestern mit Maja bei den weisen Frauen. Auf dem Weg dorthin hat Guruch versucht, in meine Gedanken den Hass zu pflanzen, denn er will die Terronen vernichten, sie unglücklich machen, um Siya damit zu strafen." Kiwi berichtete Niva und Than von ihrem Erlebnis im Gleiter. Auch von der erschrockenen Reaktion Ganhas und ihrer Frauen erzählte sie, vom Schneckenzimmer, dem einzigen Ort auf Terra, an dem Guruch überhaupt keine Macht hatte und von den Eingebungen, die sie seit einiger Zeit bekam.

„Bist halt doch das Orakelkind. Ist es nicht schwer, Kiwi, die Gedanken anderer zu lesen?", fragte Than neugierig. Kiwi lächelte verschmitzt: „Nein, Than, das ist ganz leicht. Schwer ist es, sie NICHT zu lesen, das muss ich unbedingt noch üben." Kiwi blickte um sich. „Kaya zum Beispiel überlegt krampfhaft, wie sie ihren Spickzettel in den Einsatz bringen kann. Und Mikha weiß nicht, wie er Sola zu einem Treffen einladen soll, ohne dass sie ihn auslacht. Oh je, der hat aber Herzklopfen …" Niva musste lachen. „Kiwi, das ist ja wirklich schlimm. Ist denn niemand mehr sicher vor dir?"

Kiwi schmunzelte. „Doch, ihr seid es, meine Freunde. Ich akzeptiere eure Schranken, wenn ihr sie schließt. Denkt nur laut und deutlich: Nein!, dann werde ich nicht in euch lesen. Das kann ich schon. Hab es bei Maja geübt, es geht."

„Mmm! Wie denkt man denn laut und deutlich?", wollte Than wissen.

„Versuch es doch, Than, es ist ganz einfach.", forderte Kiwi den Jungen auf. Than schloss die Augen. Er strengte sich an, so sehr, dass eine senkrechte Falte unter seinem dunklen Haar auf seiner hohen Stirn entstand. Kiwi hielt sich die Ohren zu, ein Hauch von Röte zog über ihr hübsches, junges Gesicht. „Danke, Than!" Sie strahlte ihren Freund an, nun war es an ihm, rote Wangen zu bekommen. „Du warst aber auch wirklich laut und deutlich!"

„Was hat er gedacht, Kiwi?" Niva war neugierig.

„Darf ich?" Kiwi schenkte Than einen fragenden Blick. Der Junge nickte verlegen, doch er musste unbedingt wissen, ob Kiwi ihn verstanden hatte.

„Ich mag deine großen, wunderschönen grünen Augen, Kiwi. Du bist ein ganz tolles Mädchen." Kiwi lachte und bemerkte, wie ihr Herz einen heftigen Hüpfer tat.

„Stimmt das, Than?" wollte Niva schelmisch lächelnd wissen und kicherte. Than nickte, noch mehr errötend und sah auf den Boden.

„Ich will auch mal!" Niva gab sich alle Mühe. ʿDu bist meine beste Freundin, Kiwi. Und Than ist mein bester Freund. Ich mag euch sehr gern.ʹ

ʿIch dich auch, Niva, wir drei sind zusammen unschlagbar!ʹ Es war Kiwi zum ersten Mal gelungen, mit der Kraft ihrer Gedanken zu antworten. Erstaunt sahen sie und Niva sich an.

„Du hast mich verstanden, nicht? Ich habe eine Antwort von dir erhalten, Kiwi. Es funktioniert!"

Schnatternd und schwatzend erreichten die drei Studenten ihre Prüfungsräume. Es wurde ein aufregender Vormittag, doch als die Überprüfung des Wissens beendet war, bekamen sie die so ersehnte Erlaubnis zum Aufstieg in das nächste Lernlevel.

Auf dem Port des Wissenszentrums verabschiedeten sie sich voneinander. „Bis bald, Niva!" Kiwi hob winkend ihre Hand. „Wir sehen uns morgen, ja? Bei mir?"

„Sicher, das machen wir. Bist du auch da, Than?" Niva sah den großen Jungen, der nun schon fast ein Mann war, fragend an. Than nickte, sagte kein Wort. Sein Blick suchte Kiwi, die in diesem Moment etwas Sonderbares, Unbekanntes in sich fühlte. Dann drehte er sich um, winkte zum Abschied noch einmal und fuhr davon.

Niva sah auf Kiwi und lächelte. „Aha!", sagte sie nur, stieg in ihren Aeroporter und folgte Than.

Kiwi wurde von Maja abgeholt. „Wie schön, dass du deine Tests so leicht geschafft hast, Kiwi." Sie lobte ihre Tochter, war wirklich stolz auf ihr Findelkind. Kiwi hatte von den Prüfungen berichtet, versank aber jetzt in lächelndem Schweigen, in ganz leichte, helle Gedanken.

Maja sah in Kiwis Gesicht. Irgendwie verändert war es, reifer, erwachsener und dennoch auch auf eine faszinierende Weise verspielt, verträumt.

'Soso!' Maja ahnte, was geschehen war. 'Nein!', dachte sie ganz laut, um eine Sperre um ihre Gedanken zu errichten. Doch das war überflüssig, denn Kiwi war mit ganz anderen Fantasien beschäftigt.

'Sie ist verliebt!' Maja freute sich. Endlich, endlich hatte die Liebe auch ihre kluge Tochter erreicht. Sie würde sie noch stärker machen in dem Kampf gegen Guruch. Wer war es wohl, den Siya Kiwi geschenkt hatte, der Kiwis Gefährte werden sollte?

Kiwi hob ihren Kopf und sah Maja in die Augen. Ein strahlendes Leuchten lag in ihrem Blick. „Maja, morgen werden Niva und Than mich besuchen. Wir haben ganz viel zu bedenken, zu erzählen und zu überlegen." Aus einem ihr unerfindlichen Grund errötete Kiwi.

„Ah ja! Than also." Es war ihr recht. Sie freute sich auf das, was auf Kiwi zukam.

Maja amüsierte sich am nächsten Morgen über Kiwi, die fröhlich trällernd und übermütig den Tag begann. Endlich war es Nachmittag und Kiwis Freunde trafen kurz aufeinander folgend ein. Es entging Maja nicht, dass ihre Tochter Than leicht errötend und mit verlegen gesenktem Blick begrüßte und wie heftig sie bemüht war, das Strahlen ihrer Augen zu verbergen. Sie bewirtete die Drei mit einem köstlich kühlen Fruchtsaftmixgetränk und ließ sie dann in Kiwis Räumen allein.

Niva sah heute noch eine Spur blasser aus als sonst, welch ein zerbrechliches Geschöpf.

„Wir müssen unbedingt über das sprechen, was Siya mir offenbart hat. Guruch versucht mit Hilfe seiner bösen Spione die Herrschaft über Terra an sich zu reißen. Er will die Terronen vernichten und den Hass und die Bösartigkeit seiner hässlichen Welt regieren lassen."

Kiwi seufzte und sah in die erschrockenen Gesichter ihrer Freunde. Allein der Name Guruchs ließ jedem Terronen eine Gänsehaut über den Rücken laufen, so entsetzlich war schon der Gedanke an ihn.

„Um das zu verhindern und die Menschheit zu retten, hat Siya mir das Sehen und das Lesen der Gedanken geschenkt. Ihr wisst es ja schon."

„Es ist wirklich ein wenig unheimlich, nicht wahr? Doch gestern Abend ist auch mir etwas ganz Sonderbares passiert." Niva holte tief Atem und fuhr dann fort. „Erst habe ich gedacht, ich würde krank, doch ich fühlte mich eigentlich gar nicht unwohl."

„Nun sag schon, was ist denn geschehen?", forderte Than das blasse Mädchen ungeduldig auf. Niva lächelte. „Ich hatte mich fürchterlich vor einem bellenden Hund erschrocken, und zwar so sehr, dass ich mich, so schnell ich konnte, ins Haus gerettet habe. Dabei bin ich mit meiner Nase gegen die Tür gelaufen."

„Du brauchst dich doch nicht vor einem bellenden Hund zu fürchten!" Kiwi lachte ihre Freundin an. „Hunde sind doch ganz lieb, sie bellen halt mitunter."

Niva runzelte ihre blasse Stirn. „Dieser nicht. Er war groß und zottelig und hatte wirklich ungepflegtes, räudiges Fell. Seine langen, gelben Zähne stachen aus hochgezogenen Lefzen hervor, zäher, stinkender Schaum troff von seiner Zunge. Am gruseligsten waren seine kleinen, rot unterlaufenen, unheimlich glühenden Augen. Es war sicher besser, dass ich mich aus dem Staub gemacht habe." Niva schüttelte sich bei dem Gedanken an dieses Hundeungeheuer immer noch.

„Ich wollte nachsehen, ob ich eine Beule bekomme und hab im Bad in den Spiegel gesehen. Es war unheimlich, wisst ihr? Ich konnte nur Umrisse von mir erkennen, mein Körper, mein Gesicht – es sah alles auf ganz skurrile Art gläsern aus. Als ich mich weiter vorbeugte, um mich besser sehen zu können, hörte ich ein leises, schwirrendes Geräusch, das sich zu einem klirrenden Summen steigerte. Nicht unangenehm, doch es war niemand und nichts außer mir im Raum. Einen kurzen Moment später war ich weg! Nicht mehr zu sehen. Einfach nicht mehr da. Ich konnte mein Herz bis zum Hals schlagen hören, konnte mich fühlen, mein Gesicht, mein Haar, meine Hände. Sogar den Boden unter meinen Füßen bemerkte ich." Niva war immer noch erschüttert, man sah es ihr an.

„Und dann geschah noch etwas Eigenartiges. Mein Vater betrat den Raum und stellte sich vor den Spiegel, genau wie ich. Er ging einfach durch mich hindurch, so, als sei ich überhaupt nicht mehr da."

„Hat es dir wehgetan?" Kiwi fand es sehr erstaunlich, was Niva erlebt hatte.

„Nein, gar nicht. Ich bin dann lieber aus dem Bad verschwunden, habe mich ganz vorsichtig fort geschlichen. Und stellt euch vor, ich habe nicht einmal die Tür geöffnet, ich ging einfach durch die geschlossene Schwebetür. In meinem Zimmer ließ dann das Sirren langsam nach, wurde zu einem leisen Summen, und ich war wieder Niva, die man ganz normal sehen konnte."

Kiwi schloss die Augen. Tief in sich fühlte sie Siya und nickte.

„Es ist ein Geschenk Siyas an dich, Niva. Sie hat auch dich auserwählt, eine Kämpferin für das Gute zu sein und Terra vor dem Bösen zu beschützen."

„Kannst du es noch einmal, Niva?" Than war sehr neugierig, konnte kaum erwarten mit anzuschauen, wie Niva sich „entkörperte".

„Nein, ich habe es schon versucht, es ging nur dieses eine Mal." Das Mädchen schüttelte den Kopf und sah Than mit ihren hellgrauen, an ganz zarte Aquarellfarben erinnernde Augen, an.

Kiwi nahm ihre Freundin in die Arme und zog sie fest an sich. „Fürchte nicht, Niva. Diese Gabe ist ein Geschenk Siyas, du hast sie schon immer in dir getragen. Jetzt ist sie erwacht, weil Siya deine Unterstützung braucht."

Die beiden Mädchen sahen auf Than, der sie mit hochgezogenen

Brauen und riesigen Augen ansah. Ein Funkeln entstand in seinen tiefschwarzen Pupillen, kleine Lichtblitze schienen aus seinen Augen zu sprühen. Than atmete heftig und auf einmal zischten dünne, peitschenschlagähnliche, Orange glühende Strahlen aus seinen Pupillen, schwirrten durch das Zimmer und schlangen sich um Niva und Kiwi. Erschrocken über diesen Anblick rührten die Beiden sich nicht, sie waren auch gar nicht in der Lage dazu. Es war ihnen, als schwebten sie schwerelos durch den Raum, getragen von der geistigen Kraft Thans. Than lächelte. Und mit diesem Lächeln verschwanden die lichten Strahlen und gaben die Mädchen wieder frei.

Atemlos lachte Than nun, er freute sich über die erstaunten Gesichter. „Keine Angst, ihr Zwei. Auch mir hat Siya diese Gabe geschenkt. Denn auch ich bin zu einem Beschützer und Erhalter des Guten ernannt worden."

„Du hättest uns wenigstens vorwarnen können!" Kiwi lachte voll Übermut. Wieder schloss sie ihre Augen. Hinter den geschlossenen Lidern erschien Siyas helles, freundliches Gesicht.

„Ich habe euch auserwählt, Terra und die Terronen vor Guruchs dunklen Spionen zu beschützen. Ihr seid meines Geistes Kinder, rein und ehrlich und voll gütiger Intelligenz. Mit euch als meine Gesandten wird es mir gelingen, Guruch und dem Bösen die Macht zu nehmen."

Kiwi öffnete ihre Augen, sah Niva und Than noch immer wie in Trance an. Die Zwei schauten erstaunt auf ihre Freundin.

„Siya hat aus dir gesprochen, Kiwi. Wir wissen jetzt, zusammen wird es uns gelingen, die Liebe und das Gute auf Terra zu bewahren.", sagte Than zuversichtlich. Siya würde ihnen schon den Weg für ihre Aufgabe zeigen.

Kiwi strahlte. Sie hörte ganz laut und deutlich Thans Gedanken.

`Kiwi!´, dachte er. Nur `Kiwi … ´, und dabei konnte sie sein Herz für sich heftig schlagen fühlen.

Der Kampf beginnt

Saukh, der einfach nicht aufgeben mochte, ohne dass es ihm gelungen war, zumindest ein wenig Hass in die Menschenherzen zu pflanzen, ging einen Umweg. Hinterhältig und gemein drang er in die Seelen der Hunde ein. Er wusste, dass die Terronen ihre vierbeinigen Gefährten liebten, ihnen über alle Maßen vertrauten und jeden einzelnen von ihnen in ihre Familien aufgenommen hatten. Die Menschen waren Stolz auf sie und bekamen dafür Anhänglichkeit und Treue als Echo. Fürsorglich pflegten sie ihre Tiere, die seit jeher liebe und anhängliche Begleiter der Menschen waren, gebraucht zum Schutz und zur Unterhaltung seit Tausenden von Jahren. Es war im dritten Jahrtausend nicht ganz einfach gewesen, ihnen ein Recht zum Leben einzuräumen, doch dank Siya durften sie die Terronen weiter begleiten, um ihnen Wärme, Schutz und Zuneigung zu geben.

Aber die Tiere waren von Natur aus unterwürfig, dabei sehr gelehrig und leicht zu beeinflussen. Für Saukh war es somit ein Leichtes, in die Köpfe der Hunde einzudringen, hartnäckig und bestialisch nistete er sich in ihre Gedanken ein und lenkte so des Hasses Geschick in die Bahnen der vierbeinigen Gefährten. Er nahm ihnen die ergebene Treue und stachelte sie mit widerwärtiger Lust gegen ihre Menschen auf.

Sein grelles, kreischendes Gekicher schmerzte den Hunden in den empfindlichen Ohren, ängstlich jaulend und winselnd krümmten sie sich, wenn Saukh mit bestialischem Hohn durch ihre Köpfe fuhr, sie fühlten sich gepeinigt und bissen aggressiv und ohne Hemmungen um sich. Egal, ob sie einen anderen Hund erwischten oder einen Menschen. Knurren! Bellen! Beißen, ja, das tat ihnen gut!

Maja hatte im Gesundheitszentrum auf einmal ganz viele Bisswunden zu versorgen, schlimmer noch, die Geschädigten beschimpften laut und ohne weiter zu überlegen die Terronen, die ihre Hunde nicht mehr in ihrer Gewalt hatten.

„Eine Bestie ist euer Köter! Hässlich und bösartig, na wartet, ihr werdet dafür bezahlen!", schrie ein Elternpaar auf einen entsetzten Hundbesitzer ein, dessen großer Hund ihre Kinder überfallen hatte.

Schon bald kam es zu Tumulten auf den Straßen Terras, denn überall griffen die Hunde als gefährliche Bestien mit scharfen Zähnen und heißem, übel riechendem Atem die Menschen an. Ganz schnell, mit einfach widerlichen Mitteln hatte Saukh Hass und Zorn unter die Terronen gestreut.

Sie bekämpften und beschimpften sich, traten nach den kleinen Hunden mit heftigen, spitzen Tritten und flüchteten, so schnell sie konnten, vor den großen.

Es dauerte nicht lange, da traute sich kaum ein Terrone mehr auf die Straße. Die Menschen fingen an, Waffen zu tragen und schossen wild um sich, wenn auch nur der Zipfel einer Hunderute irgendwo zu entdecken war. Waffen! Eine bedrohliche Zukunft wartete auf die Menschen.

Auch Kiwi wurde beinahe Opfer so eines Hundeangriffs. Sie war hinausgegangen, um Sonne und Wind und Meer zu genießen, wollte die Stimmung eines traumhaften Tages einfangen und lächelnd und verträumt über sich und ihr Leben nachdenken. `Than!´, dachte sie, `Wie schön wäre es, wenn du jetzt mit mir gingest.´ Sie seufzte, lief langsam am Ufer des Meeres entlang. Der warme, feuchte Sand knirschte leise unter ihren bloßen Fußsohlen, seichte Wellen umspülten ihre nackten, schlanken Fesseln. Träumend stand sie am Rande des Wassers, ihre Blicke auf die unter dem blauen Himmel kreisenden weißen Vögel gerichtet.

`Wie schön.´, dachte sie, `Wie gut, dass es damals den so wichtigen Naturschützern, die sich grüner Frieden nannten, gelungen war, die Aufmerksamkeit auf eine heile, gesunde Umwelt zu lenken und so noch im letzten Moment die Zerstörung Terras mit manchmal sehr gefährlichen Mitteln zu verhindern.´

Kiwi atmete tief durch. Sie ging ein paar Schritte weiter durch das erfrischende Nass, als sie hinter sich ein tiefes, dunkles, sehr bedrohliches Knurren vernahm.

Langsam, ganz langsam drehte sie sich um. Kaum drei Meter von ihr entfernt stand ein großer, rotbrauner, langhaariger Hund. Seine Lefzen waren von blutigem Schleim überzogen, der in Fäden von seinem Maul troff, zu Boden fiel und dort rostbraune, eklig stinkende Flecken im weißen Sand hinterließ. Die Augen des Tieres bohrten sich in Kiwis Blick, wie gelähmt stand das junge Mädchen da, allein, Auge in Auge mit einer mordlüsternen Bestie.

Kiwi war wie gelähmt. Was sollte sie tun? Langsam und vorsichtig tastete sie sich in die Gedanken des Hundes vor. `Siya,´, dachte sie, so laut es ihr möglich war, `bitte, hilf!´

In Kiwis Gedanken herrschte Chaos. Sie hörte, je weiter sie in den nun am Boden liegenden, heiser knurrenden Hund vordrang, grelles Gekicher, hämisches Lachen, schrilles Kreischen – Hasssssr, Fasssssr, von ganz weit her: Ich befehle es dir, im Namen des Zorrrrns …

Mutig, wenn auch erschüttert, lauschte Kiwi auf das grollende, rollende Rrrrrrr des Zorns. Sie spürte, wie sich ihre Nackenhaut zusammenzog und sich dort, kurz unter ihrem Haaransatz, ihre feinen, kleinen Nackenhärchen aufstellten.

Saukh! Es konnte nur Saukh sein, den sie da hörte. Auf einmal wurde ihr alles klar: Saukh hatte die treuen Gefährten der Terronen infiziert mit dem Hass und der Bösartigkeit Guruchs, um die Menschen verletzlich und unnahbar zu machen.

Kiwi schloss die Augen. Sie fühlte ein helles Licht in sich wachsen, wunderschöne Farben entstanden in ihrem Kopf, warmes, tröstendes orange-fröhliches Gelb, beruhigendes, entspannendes Grün und mutiges Blau. Siya! Sie spendete ihr Kraft!

„Es ist ein wichtiger Kampf, den du allein gegen Guruch führst. Sei mutig und hab Vertrauen Kiwi, ich bin bei dir.", hörte sie die gute Geistfrau leise wispern.

Kiwi blickte der knurrenden Kreatur in das furchtbare, Schrecken erregende Gesicht, das sie voll grausamer Lust zu töten anstarrte.

Aus ihren smaragdgrünen Augen kam ein ernstes, ruhiges Strahlen.

Dieses freundliche Strahlen trug ihre Gedanken in die von Wut und Hass erfüllte innere Welt des Hundes. Laut und deutlich und sehr konzentriert begann sie, den Höllenlärm im Kopf der Bestie zu durchbrechen. `Ruhig, mein Schöner! Schau mich an.´ Der Hund hatte sich jetzt zusammengekauert und versuchte winselnd, Kiwis magischen Blicken zu entgehen. Endlich, wie durch einen zauberhaften Bann erlöst, hob er seinen Kopf und schaute, noch misstrauisch und am ganzen Köper zitternd, der jungen Kämpferin entgegen.

`Fasssss!´ Kiwi konnte leise das Zischen Saukhs noch einmal vernehmen, doch der Hund reagierte nicht mehr auf seinen zornigen Herrn. Leise jaulend begann er, bäuchlings auf Kiwi zuzurutschen, kriechend, noch immer vom Misstrauen und von unsicherer, jedoch kaum noch mächtiger Wut beeinflusst.

„So ist es brav!" Kiwi sprach das jetzt verängstigte Tier mit klarer Stimme an, sie lächelte und schenkte dem winselnden Hund ganz warme, liebevolle Gefühle. Mühsam hechelnd richtete er sich auf, setzte vorsichtig eine Pfote vor die andere und ging auf Kiwi zu. Erweckte den Eindruck, dass er eher schlich als dass er lief. Langsam, sehr vorsichtig streckte Kiwi ihre Hand aus, hielt sie ganz still dem Hund entgegen. Deutlich konnte sie das irre Gezeter Saukhs vernehmen: Neiiiiiin! Aber es wurde leiser und leiser, bis es endlich ganz und gar verschwunden war.

Der schöne, braune Rüde setzte sich abwartend und sehr aufmerksam vor Kiwi hin. Zaghaft begann er, mit seiner Rute fächerförmige Streifen durch den Sand zu ziehen, er wedelte Kiwi freundlich entgegen. Dann begann er, mit seiner feuchten, schwarzen Nase an ihren Fingern zu schnüffeln, es gab keinen ekligen Schleim mehr an ihm. Zaghaft schleckte er Kiwis Fingerspitzen, sprang dann auf und bellte vergnügt und Schwanz wedelnd das junge Mädchen an. Kiwi hockte sich zu ihm nieder und streichelte seinen warmen, glänzenden Kopf.

„Ich weiß,", sprach sie zu ihm, „du bist ein ganz Lieber." In ihren Gedanken hörte sie das zarte, lichte Lachen Siyas. Kiwi wusste, dieses Duell hatte sie gewonnen!

„Ja, was machen wir nun mit dir, mein großer, langhaariger Freund? Zu wem magst du wohl gehören? Ich glaube, ich nehme dich mit zu Maja. Sie wird wissen, was zu tun ist." Zufrieden nickte Kiwi vor sich hin. „Aber zuerst mal brauchst du einen Namen, mein Süßer!" Sie überlegte. Er war einfach lieb, ihr neuer Freund. „Ich werde dich Lieb nennen, als fröhliche Botschaft der Hoffnung, die Siya uns schenkt."

Kiwi klopfte dem Hund liebevoll den Rücken. „Komm, Lieb, wir gehen nach Hause."

Ergeben und artig trabte Lieb neben der mutigen Kiwi her, so, als wären sie schon immer die besten Freunde gewesen.

Das Kind vom alten Stamm

Für Kiwi war es fast ein wenig unheimlich, mit Lieb nach Hause zu gehen. Die Straßen waren menschenleer, durch fest geschlossene Fenster sah Kiwi entsetzte Gesichter, die sie und Lieb anstarrten, hier und da konnte sie die Mündungen von Betäubungsstrahlern sehen, sogar einen tödlichen Deathstreamer erkannte sie. Wie um alles in der Welt waren die Terronen auf einmal an diese Unheil bringenden Waffen gekommen?

Unterwegs begegneten Kiwi und Lieb einigen verzottelten, schon recht verwahrlosten Hunden, die knurrend und seibernd wütend auf die Beiden losstürmten, dann aber laut jaulend und winselnd kurz vor Kiwi stehen blieben und sie hechelnd anstarrten. Lieb lief furchtlos auf sie zu, setzte sich und stupste seine Artgenossen an. Gespannt wartete Kiwi ab, was wohl geschehen würde, doch ihre bange Besorgnis legte sich schnell. Leise fiepend robbten die eben noch mordlüstigen Bestien auf Kiwi zu, ihre Gesichter entspannten sich, der Hass verschwand aus ihren Augen. Schwanzwedeln begleiteten sie Lieb und seine neue Herrin bis vor das Haus, in dem Kiwi wohnte.

Maja staunte: „Sag mal, was ist das denn? Vor unserem Haus sitzt ein ganzes Rudel Hunde. Und ich finde, dass sie völlig normal aussehen."

Mit entsetztem Gesichtsausdruck schaute sie auf Lieb. Kiwi lachte ihre Mutter an: „Keine Angst, Maja, das ist Lieb. Ich habe ihn am Strand gefunden." Und sie erzählte, selbst noch immer total erstaunt, von ihrem Erlebnis mit dem Hund.

„Alle Hunde Terras wurden durch Saukh mit Guruchs bösen Gedanken infiziert. Kein Wunder, dass sie sich so aufgeführt haben. Doch ich glaube, dass wir Saukhs entsetzlichen Machenschaften unterbunden haben. Sieh nur!" Kiwi deutete aus dem Fenster. Das Rudel hatte sich gewaltig vergrößert. So an die hundert Hunde bevölkerten nun die Straße, freundlich um sich schauend und ohne den furchtbaren, bestialischen Hass im Blick. „Ich denke, dass sich jetzt alles wieder normalisieren wird. Dank Siya, die mir den Mut gegeben hat, mich dem Zorn zu stellen, nicht weg zu laufen!"

Maja sah ihre Tochter fragend und immer noch ein wenig zweifelnd an. „Ist dir denn gar nichts geschehen? Du weißt, wie gefährlich die Hunde sind."

Kiwi stand bewegungslos mitten im Raum. In ihren smaragdgrünen Augen entstand ein glitzerndes Strahlen.

Mit ruhiger, freundlicher Stimme, wie aus der Ferne, hörte Maja sie sprechen: „Fürchte dich nicht, Maja! Kiwi hat durch ihren Mut und ihre Güte heute einen wichtigen, schweren Kampf gegen Guruch gewonnen. Bewahre die Kraft deines Herzen und unterstütze sie, es wird noch sehr viel auf sie zu kommen." Mit leisem Echo verhallte die Stimme.

Siya hatte aus Kiwi gesprochen um Maja Zuversicht zu geben und ihr die Angst um ihre Tochter zu nehmen. Erleichtert lächelnd schaute sie stolz auf ihr schon fast erwachsenes Kind. Sie zog sie an sich und umarmte sie. „Meine ganz große Kleine, das hast du gut gemacht."

Kiwi strahlte. „Sag mal, Maja, was machen wir mit Lieb? Ich weiß nicht, zu wem er gehört und ich möchte nicht, dass ihm Böses passiert. Können wir ihn nicht bei uns aufnehmen?"

Maja überlegte: Wäre es richtig, wenn der Hund bei ihnen wohnte? Gäbe es keine Probleme mit aufgeregten, wütenden Terronen, die sie vor lauter Angst angreifen und verletzen würden? So ganz traute sie dem Frieden noch nicht.

Kiwi lachte. „Sieh doch nur, Maja, die Hunde draußen sind alle verschwunden. Sie werden das Gute wieder zu ihren Artgenossen tragen, es wird alles wieder gut. Zweifle nicht."

„Oh nein, Kiwi, du hast schon wieder in meinen Gedanken gelesen. Na gut, Lieb darf bleiben, er sieht tatsächlich sehr brav aus und ich mag ihn jetzt schon." Lächelnd schüttelte sie ihren Kopf.

Sie konnte Kiwi ihren Wunsch nicht abschlagen. Als ob er verstanden hätte, sprang Lieb auf, kläffte leise und begann, Majas Hände abzuschlecken.

Der elektronische Butler meldete sich. „Eine kleine weibliche Person bittet eintreten zu dürfen!" Maja und Kiwi blickten auf den Monitor neben der Eingangstür und staunten. Vor dem Haus stand ein kleines Mädchen, das in einem viel zu großen, zerlumpten Umhang steckte.

Die kurzen blonden Haare standen strubbelig von ihrem Kopf ab, das Gesicht war von Sommersprossen übersät. Ungeduldig stapfte sie auf der Stelle umher. „Wat für Penner!", übertrug der Sensor, „Hühü man, kommt mal in die Puschen da drinnen!"

Maja lachte. „Das ist aber eine ungeduldige kleine Krabbe. Öffnen!" Lautlos schob sich der Eingang auf und das kleine Ding betrat das Haus.

Lieb winselte und kläffte. Aufgeregt lief er dem Kind entgegen, das ihn mit strahlenden Augen anblickte. Er sprang an ihr hoch und pardauz: Die Kleine saß auf dem schimmernden Boden mitten im Raum. Hoch erfreut mit seiner Rute wedelnd stand Lieb über ihr und begann, dem Kind das mit Sommersprossen gesprenkelte Gesicht abzuschlecken. „Ist ja gut, Hund. Ist ja gut!", rief das Mädchen lachend.

„Wen haben wir denn da?" Maja ahnte es, das musste die Besitzerin Liebs sein, denn so begrüßten die Vierbeiner nur ihre Herren. „Es sieht beinahe so aus, als hätten wir hier das Frauchen von Lieb. Ist das dein Hund?" Kiwi befürchtete, das Tier wieder abgeben zu müssen. Er war ihr schon nach so kurzer Zeit ans Herz gewachsen.

Das Mädchen nickte. „Aber warum nennt ihr ihn Lieb?" fragte es.

„Ich habe ihn so genannt, weil er wirklich ein ganz Lieber ist. Wie heißt er denn nun wirklich?"

„Er heißt Hund!" Das strubbelige, aufgeregte Terronenkind umarmte Lieb und klopfte ihn heftig. „Aber Lieb passt auch ganz prima zu ihm, von mir aus! Namen prägen Leute, sagte mein Vater schon immer. Ja, ja, bist ein Braver!", quiekte das Mädchen atemlos, „Setz dich!"

Lieb setzte sich und begann wieder, freudig zu winseln. Die Kleine war Kiwi und Lieb in sicherer Entfernung schon vom Strand gefolgt. 'Erst mal sehen, was da abgeht!', hatte sie sich gedacht. „Wie habt ihr das denn hingekriegt. Der ist ja auf einmal so artig, als wäre er in einen Topf Honig gefallen."

Kiwi konnte sich ein Lachen nicht verkneifen. „Ich habe ihn am Wasser gefunden, nein, eigentlich hat er mich entdeckt. Mit Siyas Hilfe ist aus ihm wieder ein wohlerzogener Hund geworden. Er gehört dir?"

Das Mädchen nickte heftig und zog geräuschvoll den Inhalt seiner Nase hoch. „Komm Kleines, erzähle uns erst einmal, wie du heißt und wo du herkommst. Es ist viel zu gefährlich für so ein kleines Persönchen, sich allein auf der Straße aufzuhalten." Maja musterte neugierig ihren jungen Gast.

„Pah!", rief das Kind. „Bin nicht klein. Ich bin Dodi vom alten Stamm. Ich lebe in Wald und bin Hüterin der Pferde, genau so, wie mein Vater und seine Vorfahren es waren. Und deshalb bin ich groß. Bin nur nicht so ein zimperliches Püppchen wie die da." Sie wies mit ausgestrecktem Zeigefinger auf Kiwi, die staunend die freche Besucherin anschaute. Wie schmutzig war Dodi nur! Dünn und irgendwie verwahrlost stand das Kind trotzig vor Kiwi und Maja. Ihre kleinen Hände waren jetzt zu Fäusten geballt, doch ließ sie müde und traurig ihre Schultern hängen.

„Dodi, ich bin kein Püppchen, glaube mir." Kiwi konnte sich noch sehr gut an die Pferde erinnern, die sie auf dem Weg zu den weisen Frauen vom Aeroporter aus gesehen hatte. „Ich bin Kiwi und das ist Maja, meine Mutter." Kiwi erklärte es nachsichtig, um dem Kind ein wenig Vertrauen zu geben.

„Du hast noch eine Mutter?" Ungläubig sah Dodi Kiwi mit großen, blauen Augen an. „Aber du bist doch schon groß und alt! Meine Mutter ist schon lange erloschen, ich kann mich gar nicht mehr an sie erinnern. Ich lebe bei meinem Vater, der mit mir zusammen im Wald in einer Hütte mitten zwischen den Pferden wohnt. So wie es sich gehört für die Leute vom alten Stamm. Wer braucht denn schon den ganzen Klimbim hier?" Sie schaute sich um.

„Einen Vater gibt es bei uns nicht.", antwortete Kiwi. „Schon lange nicht mehr. Maja ist Mutter und Vater zugleich für mich. Und der „Klimbim" hier macht uns das Leben sehr angenehm." Kiwi kicherte.

„Und wo ist dein Vater jetzt?"

Dodi wurde ganz blass, ihre Sommersprossen leuchteten noch deutlicher auf ihrer Haut.

„Mein Vater hat sich abgesetzt. Er hat sich einfach verdrückt, war echt genervt von dem Hund und mir." Mit einer nickenden Kopfbewegung zeigte sie auf Lieb. „Der Bursche da war plötzlich eine Bestie und griff ihn andauernd an. Nur ich war einigermaßen sicher vor ihm. Ich hab ihn eingesperrt in unsere Hütte, doch er ist trotzdem abgehauen, genau wie mein Vater." Dodis Augen hatten sich mit trotzigen Tränen gefüllt. Sie kämpfte mit sich, weinen wollte sie nicht.

„Ha!", polterte sie los. „Das sind Dinge, die die Welt nicht braucht, echt übel. Aber ich krieg das Alles auch allein geregelt, bin ja keine Memme."

„Soso, du bist nun ganz allein?" Maja hatte wirklich Mitleid mit dem Kind. „Was meinst du, wie soll es denn nun weiter gehen, du bist noch viel zu jung um ohne elterliche Fürsorge zu leben. Wie alt bist du, sieben?"

Beleidigt sah Dodi Maja an. „Hehe man, ich bin schon zwölf! Schon lange kein Hosenscheißer mehr!" Trotzig stampfte Dodi auf den Boden. „Ich bin zwölf, das sieht doch jeder!"

`Was für ein kleines Wutnickel!´, dachte Kiwi. In den Gedanken des Kindes las sie jedoch Unsicherheit und Angst.

„Hey, mach dich aus meinem Kopf raus, Kiwi!", Dodi merkte anscheinend, dass Kiwi sich in ihre Gedanken schleichen wollte. „Der geht dich gar nichts an!" Dodis Sommersprossen begannen auf einmal zu glühen und ihr Gesicht nahm einen beinahe bedrohlichen Ausdruck an. Aber nur fast, denn die Augen des Mädchens blickten ängstlich zu Maja.

„Komm mal her, Kleines." Maja streckte ihre Hand aus und zog Dodi zu sich. Wie schmutzig das Kind doch nur war. Genau so wie

Kiwi damals, als sie das Mädchen aus den Falten des Umhanges der erloschenen Myda gezogen hatte. „Wenn du magst, darfst du erst einmal bei uns bleiben. Wir werden uns um dich kümmern und sehen dann weiter, ja?"

„Äh!", antwortete die Kleine verächtlich. „Ich bin schon groß und kann auch alleine für mich und Hund sorgen." Doch Dodi hörte sich sehr erleichtert an. „Aber bitte, wenn ihr es unbedingt wollt! Tsssss..... Von mir aus." Die Sommersprossen in Dodis Gesicht hörten langsam auf zu glühen. Maja schloss daraus, dass das Kind sich etwas entspannte.

„Ich möchte dich aber um eines bitten: Keine Unworte hier. Und ich werde dich als aller erstes einmal baden. Dann darfst du bei uns bleiben, ja?"

Dodis Augen bekamen einen entsetzt-gequälten Ausdruck. „Du willst mich ins Wasser stecken? Igitt!" Sie sah sich nach einer Fluchtmöglichkeit um, denn von Bädern hatte sie schon einmal gehört. Sie beschloss aber, trotz der drohenden Gefahr einer körperlichen Reinigung zu bleiben und sich ihrem Schicksal zu ergeben. „Schon gut, schon gut. Ich weiß auch, dass ich nicht grad nach Blumen rieche."

Maja nahm Dodi bei der Hand und führte sie ins Bad. Kiwi konnte durch die geschlossene Tür noch lange Gezeter und Geschimpfe hören. Es wurde erst still, als Maja Dodi ins Bett gestopft hatte. Sie lachte. So waren also die Leute vom alten Stamm: Energisch, mit ganz rauer Schale und einem weichen, sensiblen Kern.

Kiwi und Than

Kiwi ging in ihre Räume. Sie wollte unbedingt Niva und Than über das Geschehene informieren. „Niva und Than!", sprach sie mit deutlicher Stimme in ihren Kommunikator. Die Beiden meldeten sich sofort und Kiwi berichtete immer noch ganz aufgeregt von dem rettenden Ereignis.

Auch die beiden Freunde waren erleichtert, dass der Kampf gegen Saukhs hässliche Infektion gewonnen war.

„Ich habe leider keine Zeit mehr, Kiwi. Muss noch meinen Eltern helfen. Bis bald!" Niva trennte sich aus der Unterhaltung.

„Warst Du nicht furchtbar erschrocken, als du da ganz allein am Wasser warst, Kiwi?" Than hörte sich ziemlich besorgt an. „Was hast du da nur ganz allein gemacht?"

„Ich musste nachdenken, es war so ein wunderschöner Tag. Ich wollte einfach allein sein, Than." Kiwi fühlte, wie sich ein hellroter Hauch über ihr Gesicht ausbreitete.

„Hast du Probleme, Kiwi, kann ich dir irgendwie helfen? Du weißt, ich bin dein Freund und immer für dich da."

„Than … Etwas ganz Merkwürdiges geht in mir vor. Ich weiß auch nicht." Kiwi wusste wirklich nicht, was sie sagen sollte. Sie seufzte. „Mmmmm. Ich habe über mich nachgedacht – und über dich."

Than antwortete nicht gleich und Kiwi konnte sein Herz rasen fühlen. Sie musste sich sehr anstrengen, seine Gedanken jetzt nicht zu lesen. „Bist du noch da, Than?"

Than lachte. „Ich kenne dich schon so lange, Kiwi. Du bist wirklich etwas ganz Besonderes für mich. Ich mag dich seit so vielen Jahren, aber jetzt – ?" Than schwieg einen kurzen Moment und sprach dann weiter. „Mein Herz klopft wie verrückt, wenn ich dich sehe. Mir wird ganz warm in deiner Nähe, es ist manchmal nicht zu fassen. Nur du! Ist schon merkwürdig …"

Die Beiden schwiegen. „Wollen wir uns nicht sehen, Than und dann darüber reden?" Kiwi hatte all ihren Mut zusammen gerafft, um ihrem Freund diese Frage zu stellen.

„Ich glaube, es ist das Beste, wenn ich gleich zu dir rüberkomme, ja?" Thans Herz überschlug sich fast, als er das Gespräch beendete. Schnell machte er sich auf den Weg zu seiner Freundin.

Kurz darauf traf er bei Kiwi ein. Als er durch die langsam auf gleitende Tür trat, empfing Maja ihn. „Hallo Than. Kiwi ist in ihren Räumen, geh nur. Ich muss für einen Moment fort und schauen, ob im Gesundheitszentrum alles in Ordnung ist." Sie nickte dem jungen Mann freundlich zu und ging.

Thans Herz schlug bis zum Hals, als er Kiwis Zimmer betrat.

„Kiwi …" Er stand vor ihr und sah das Leuchten in ihren Augen. Kleine, goldene Pünktchen sprühten aus dem Grün, warmes Strahlen, Vertrauen und Freude. Er streckte seine Hand nach dem Mädchen aus, das ihm immer noch und ohne sich zu rühren gegenüber stand. Er nahm Kiwis Hände und zog sie an sich. „Kiwi, du bedeutest mir so viel. Willst du meine Gefährtin sein? Mein Herz hat so viele warme Gefühle für dich."

Kiwi nickte. Sie schaute mit verträumtem Blick in Thans große, schwarze Augen. „Ja, das will ich Than." Mehr war nicht zu sagen.

Der erste lange, liebevolle Kuss verband die beiden jungen Terronen. Er verband sie noch inniger, als es ohnehin schon seit langer Zeit war. Kiwi spürte zum ersten Mal streichelnde Hände auf ihrem zarten Körper, gab Than alles zurück, was er ihr schenkte. Unerfahrene Berührungen, zärtliche Küsse, Herzklopfen, Wärme in Kopf und Bauch, alles war so neu. Than und Kiwi entdeckten die Liebe.

Sie konnten sich kaum von einander trennen, doch es war schon spät und Than wurde von seinen Eltern erwartet. Liebevoll verabschiedete er sich und lief fröhlich pfeifend die Straße hinunter. Kiwi sah ihm glücklich nach. Wie schön war das Leben doch.

Chaos

Guruch stapfte Wut entbrannt in seiner glibberigen Behausung auf und ab. Natürlich hatte er, stolz und gehässig, Saukhs Machenschaften verfolgt. Doch aus seinem hämischen, schadenfrohen Gelächter wurde schnell garstiges, Wut schnaubendes Gekreische. Wie Donnergrollen hallte es von den feuchten Mauern seiner Höhle wider.

„Kiwi! Hässliche kleine Kröte! Mein Hassss wird dich verfolgen, jaaaa!" Außer sich vor Enttäuschung und Zorn bebte er am ganzen Körper, seine Blut unterlaufenen, hässlichen Augen hatte er zu schmalen Schlitzen zusammengekniffen, seine Lippen, schmal und Blut leer, waren zu einem riesigen Loch entgleist, die Zähne, gelb und stinkend, stachen daraus hervor. Eine grässliche Grimasse, geballte, wild um sich fuchtelnde Fäuste, tiefe Falten, in denen sich der Dreck der Jahre gesammelt hatte, das alles gab ihm ein noch furchtbareres, noch dämonischeres Aussehen, als er ohnehin schon mit sich herumtrug.

Widerwärtig, aufs Schlimmste entzürnt, immer mehr Hass und Gewalt in sich tragend, steigerte er sich noch tiefer in eine wilde Zerstörungswut hinein.

„Meine ekligen, schleimigen, ätzenden Krieger! Ich rufe euch!", schrie er durch die Höhle, und seine Stimme überschlug sich dabei.

Sekunden später waren seine Gedankenspione um ihn versammelt. Sie kauerten sich in einiger Entfernung vor Guruch nieder, feige und voller Angst vor ihrem tobenden Herrn. Ein hässliches, zischendes, böses Getuschel füllte die Höhle. Deutlich war die Angst zu riechen, sie strömte aus jeder Pore der Boten Guruchs, tief trugen die Krieger den panischen Respekt in sich.

„Versager!", schrie Guruch schrill. „Feige, dumme, nichtsnutzige Spione!"

„Ja Herr! Wir sind dir zu Diensten, Meister der Qualen und der Gemeinheit!" Devot hatten die Gedankenspione ihre listigen Blicke gesenkt, damit sie ja nur nicht dem zornigen Guruch in seine widerlichen Augen sehen mussten.

„Wir werden die Terronen vernichten! Ohne Vorsicht und Hemmungen werden wir Siya und ihre Lieblinge zerstören! Blut und Tränen sollen fließen, Quaaaal!!!"

Ein hämisches Gekicher brach unter den ekelhaften Untergebenen Guruchs aus.

„Ihr lacht?" Guruchs Stimme grollte durch die Höhle, laut und donnernd schlugen dunkle Echos von Wand zu Wand. Hier und da lösten sich schmierige Felsstücke und polterten zu Boden, fielen auf die Spione, die körperliche Gestalt angenommen hatten.

Guruch zog Mordh, der sich feige hinter Saukh verstecken wollte, mit seinen Blicken zu sich. „Du lachst? Wer hat es dir gestattet, stinkendes Wesen?" Mordh stand mit gesenktem Kopf zitternd ergeben vor seinem bösen Meister.

„Vergib mir, widerwärtiger Guruch …", flehte er.

„Was verlangst du da? Vergebung?", kreischte Guruch und packte Mordh mit seinen beiden dreckigen, vernichtenden Händen an dessen Arme. Die spitzen, langen Krallen seiner Finger gruben sich tief in das Fleisch des winselnden Spions. Dunkles, schwarzes Blut lief dickflüssig aus den Wunden, troff über Guruchs Hände, um dort zischend zu verdampfen. „Vergebung?", schrie Guruch noch einmal. „Neiiiin!" Mit einem Ruck riss er Mordh senkrecht in zwei Hälften und schleuderte die Teile durch die Höhle mitten in die entsetzten Spione hinein. Stinkend und noch für einen kurzen Moment zuckend blieben sie dort liegen.

Entsetzt spritzten die Männer Guruchs auseinander, panisch erschrocken erstarrten sie dann. Eine dunkle, schmerzende Stille breitete sich aus. Guruch kicherte zufrieden.

„Ich sende euch aus, die Menschen zu verletzen, mit aller Macht die ich euch gegeben habe! Tötet sie! Quält sie! Verletzt sie! Hassssss!" Er zischte diese Worte, doch jeder einzelne Gedankenspion konnte sie deutlich vernehmen. „Und jetzt geht! Macht euch auf, mein schreckliches

Werk mit Genuss zu vollenden. Fangt mit den Terronen an, die nicht so begütert sind, um die widerliche kleine Kiwi werde ich mich selbst kümmern!" Mit spitzem Finger zeigte er auf den Ausgang der Höhle. „Fort mit euch, beginnt euer blutiges Werk!"

Die Gedankenspione verließen ihre Körper, die sich zusammensackend auf dem schleimigen, modrigen Boden auflösten um dann dort zu versickern.

So schnell sie konnten, sausten sie los, um ihrem grausamen Herrn zu gehorchen und Terras Bewohner zu vernichten.

Guruch blieb mit bösartiger Zufriedenheit zurück. Endlich, endlich würden seine Krieger ganze Arbeit tun!

Wie Guruch es befohlen hatte, suchten sie die Gedanken der Terronen auf, die zur Gruppe der nicht so Begüterten gehörten. Sie lebten zufrieden als helfende und fleißige Mitbewohner auf Terra, sorgten an der Basis dafür, dass das Getreide wuchs, dass die Maschinen liefen, und erledigten viele Dinge, welche die Regierung zur Ernährung, zur Überwachung und zum Schutze der Menschen und zum Erhalt Terras für nötig hielt.

Mit mächtigem Getöse, nicht mehr still und hinterlistig, drangen die Spione in die Köpfe dieser Menschen ein, die durch Schwäche und Enttäuschung verletzlich waren, sich, wenn auch nicht weit, Siyas Einfluss entzogen hatten und unsicher und traurig über ihr Leben nachdachten. Es gab nicht viele von ihnen, doch die, die sie erreichten, erstarrten in sich, fühlten keine Liebe mehr, keine Verantwortung und kein Vertrauen. Wut! Machtdurst! Gemeinheit und Zorn trugen sie in sich und wehrten sich nicht dagegen. Zu mächtig war der Einfluss Guruchs, zu stark.

„Ihr seid arm! Und ihr seid es, weil ihr geknechtet seid von denen, die begütert sind und Macht haben! Kriiiieg! Wehrt euch und sucht die Macht!", kreischten die Spione bei ihrer ätzenden Reise durch die Gedanken der Terronen. Mit glühendem Strahl verließen die bösartigen Männer Guruchs die nun sehr aufgebrachten, wütenden, von

Zorn zerfressenen Menschen. Der Angriff auf das Gute vollzog sich in rasender Geschwindigkeit, so heftig, dass Siya kaum schnell genug das entstehende Chaos registrieren konnte.

Grausame Dinge geschahen auf Terra. Die Agroterronen weigerten sich, Getreide für alle Menschen anzubauen, wozu auch? Es genügte doch, wenn sie sich nur für ihre Leute die Finger schmutzig machen mussten. Sie griffen harmlose Terronen mit spitzen Waffen an und schlugen und quälten sie auf gemeinste Weise wenn sie ihr Land betraten.

Die Beschützer der Menschen, die dem Angriff Guruchs erlegen waren, trugen plötzlich Waffen. So brauchten sie um nichts mehr bitten, mit vorgehaltenen Streamern nahmen sie sich einfach was sie brauchten und noch viel mehr. Wehrte sich ein angegriffener, beraubter Mensch, dann schossen die „Wächter" wild um sich. Blut und Tränen flossen in Strömen, viele hilflose Terronen wurden brutal ausgelöscht. Eine panische Furcht breitete sich aus.

Mit Sorge nahm Ganha diese Geschehnisse wahr. Der Rat der weisen Frauen war verzweifelt darum bemüht, die Quelle des Hasses zu erfassen und mit Liebe und Geduld zu entschärfen, doch es gelang ihnen einfach nicht.

„Siya, gute Geistfrau, hilf uns!" Ganha bat die Mutter des Guten inbrünstig um Beistand. Überall regierte auf Terra der Hass, kein Terrone war mehr sicher, niemand konnte für den anderen noch Vertrauen aufbringen.

„Guruch streut Misstrauen und Unglaube unter Terras Bevölkerung. Die Liebe ist verschlossen in eisigen Mauern und wartet auf Erlösung. Nur Kiwi, Than und Niva, die Auserwählten, haben noch die Macht, das Eis zu schmelzen und Terra unter deinem Schutz zu retten."

„Vertraut mir, ich werde euch beschützen und den Auserwählten Kraft und Mut für ihre große Aufgabe geben. Eure Aufgabe wird es sein, die Treue und die Hoffnung zu erhalten!" Siyas Stimme wurde leiser und leiser und verklang mit sirrendem Ton in den Köpfen der weisen

Frauen. Besorgt und traurig blickten sie sich an. `Hoffnung´, dachten sie. `Treue´. „Lasst uns die Kraft unserer Gedanken zusammenschließen und die Hoffnung und die Treue aussenden zu den Menschen, die sich mut- und hilflos ihrem Schicksal ergeben wollen." Ganha nickte ihren geistigen Schwestern zu. Still und ernst nahmen sie im Raum der Schnecke Platz, der als Mittelpunkt der Gedankenwelt galt. Sie verharrten dort, vor dem Zorn Guruchs geschützt, in einer Trance, die sie unverletzlich machte und schickten unermüdlich gute, liebevolle Wünsche zu den Terronen.

Immer weiter breitete sich das Chaos aus. Von einem Tag zum anderen gab es Revolten, Mord, Gewalt und einen nicht zu stillenden Hass auf Terra.

Hilfe

Maja musste sehr viele Gesundheitshelfer in die medizinische Basis bitten. Unzählige Wunden waren auf einmal zu versorgen, Tag und Nacht hielt sie sich bei den Verletzten auf, heilte Wunden, spendete Trost, stillte Schmerzen und Tränen. Nicht jede Verletzung konnte einfach zugelasert, nicht alle eitrigen, schwärenden Wunden mit dem Counter desinfiziert und verschlossen werden. Es gab schon bald keinen Ersatz mehr für verflossenes Blut, man war seit Jahrhunderten nicht mehr eingerichtet auf einen Krieg. Durch die Einführung der Lebenszeitpunkte war die Medizin nicht mehr dafür ausgerüstet, Schwerstkranken zu helfen. Auch wurden durch die bösen Kämpfe sehr viele junge Terronen ausgelöscht, so dass man schon nach wenigen Tagen befürchtete, nicht genügend Menschen zur Fortpflanzung das Leben erhalten zu können.

Maja dachte oft an ihre Söhne, die schon lange auf Xanthippe als Gesandte Terras lebten und dort zu ihrer Beruhigung in Sicherheit waren. Die Macht Guruchs erreichte sie auf dem fernen Planeten nicht. Fast täglich schickte Kiwi ihnen beruhigende Gedanken und bat sie, auf dem Stern zu bleiben, damit ihnen nichts geschähe. Schon am ersten Tag des Krieges hatten die Regierungen aller anderen Planeten über ihre Bewohner ein Ausreiseverbot verhängt, niemand konnte den Terronen von Außerhalb zur Rettung eilen. Nicht einmal die Sternenflotte traute sich auf Terra einzugreifen.

Die Politiker waren hilflos. Terra blutete! Wie sollten sie den Untergang der Spezies Mensch verhindern? Die Räte kamen zu keiner Lösung, es gab keine Basis zur Einigung mehr. Hitzige, stundenlange Debatten führten lediglich zu verhärteten Fronten und Tumulten und heftigem Streit in der Regierung, doch keinesfalls zu einer brauchbaren Lösung.

Müde und ausgelaugt verfolgten die Bewohner Terras die Vielzahl der Katastrophen auf ihren großen flachen Monitortafeln, die sonst für Entspannung, Erbauung und Information genutzt wurden. Da die Agroterronen nicht bereit waren, Getreide und Fleisch abzugeben, litten die Menschen schon nach wenigen Tagen Hunger. Es gab keine Vorratshaltung in den Häusern mehr, alles war bis zu Guruchs massiven Invasion auf ausgesprochenem Wunsch im Überfluss vorhanden gewesen. Terras Bewohner wurden zunehmend schwächer und schwächer.

Sieben Tage und sieben Nächte dauerte die verzweifelte Lage schon an, mit dramatischer Schnelligkeit schwand die Bevölkerung dahin. Tausende Terronen fielen sich selbst und anderen, völlig verwirrten, aggressiven Streitern zum Opfer, entsetzliche, panische Szenen spielten sich auf den Straßen ab. Zuckende, im eigenen Blut liegende Leiber füllten die Wege, mit keinem Blick gewürdigt von den vom Hass verdorbenen Menschen.

Kiwi, Niva und Than beschlossen, ihre ihnen von Siya geschenkten Gaben einzusetzen um noch Schlimmeres zu verhindern. Sie wollten wenigstens versuchen, Guruchs gemeinen Machenschaften zu stoppen.

Viel zu ernst wirkten die Drei auf einmal und wuchsen an ihrer schaurigen Aufgabe über sich hinaus um Lösungen zu finden.

Während eines Treffens, am Tage acht der grausigen Ereignisse, erstarrte Kiwi mitten im Gespräch. Dodi, die von Kiwis Gaben noch recht wenig wusste, erschrak und versteckte sich hinter Than. „Was geht denn jetzt ab?", flüsterte sie neugierig und hielt dann aber lieber ihren kleinen, vorlauten Mund. Laut und klar tobte Guruchs bösartiges Kreischen durch den Kopf Kiwis. Dann trommelte es dumpf durch ihre Gedanken: „Hässliche Kröte, widerwärtiges Menschenkind, ich werde dich töten....! Jaaa! Quäl dich nur, wie eklig du jetzt aussiehst, hähä …"

Niva und Than erschraken, als sie Kiwis Gesichtsausdruck sahen. Von unerträglichem Schmerz gepeinigt, hatte sich Kiwis hübsches Gesicht zu einer erschreckenden Fratze verzogen.

Kiwi kämpfte. „Siyaaaaa!", murmelte sie heiser. „Siya …" Kiwi hatte das Gefühl, dass ihre Gedanken hin und her gezerrt wurden. Dann endlich, ganz fern in ihrem Kopf begann ein helles, sehr schwaches Licht zu leuchten.

„Weiche aus Kiwi, Geist des Bösen! Ich befehle es dir im Namen der Güte!" Laut und hell klang die Stimme Siyas durch das Grollen Guruchs, so laut, dass auch die Anderen es hören konnten. Ihr sonst so lieblicher Ton trug einen strengen, bestimmenden Klang in sich. Kiwi wand sich atemlos und bis ins Mark geplagt, qualvoll hatte sie ihre Brauen zusammengezogen, die Farbe ihrer Augen verdunkelte sich, mit weit aufgerissenen Pupillen starrte sie wie irr vor sich her. Ihre Hände waren jetzt zu Fäusten geballt, deren Knöchel weiß durch ihre zarte Haut schimmerten. Mitten auf der Stirn hatte sich eine senkrechte Falte gebildet.

„Ich glaub, ich werd bekloppt, man oh man!", tuschelte Dodi fassungslos.

„Du wirst mich nicht vertreiben, Siya. Du sollst leiden, bereuen, dass du mich damals nicht wolltest!" Guruch schrie durch Kiwis angestrengten Sinne, das Mädchen war an der Grenze ihrer Kräfte angekommen.

Leise füllte sich das Zimmer mit sirrenden Klängen, helle, lichte Töne verzauberten den Raum. Wunderschöne Melodie, sphärisches Summen breitete sich aus. Kiwi entspannte sich.

„Die Güte und die Liebe helfen euch, meine mutigen Auserwählten. Eure Herzen sind stark und voller Hoffnung durch den Glauben an das Gute. Liebe! Nur durch sie ist das Böse verletzlich. Geh, Guruch, weiche der Kraft des Guten."

Dunkle Wolken fuhren aus jeder Pore Kiwis und umhüllten sie. Zeterndes Stöhnen und hilfloses Kreischen mischten sich unter die anmutigen Klänge.

„Ich verbiete es dir, Siya!", winselte Guruch voll verletztem Zorn und versuchte, wieder in Kiwis Kopf einzudringen, aus dem Siya ihn mit all ihrer gütigen Kraft und tiefer Zuneigung zu dem Orakelkind vertreiben wollte. Fast gelang es ihm, Kiwis Gedanken erneut zu erobern, ein wildes Hin und Her kämpfte in und um Kiwis zierliche Gestalt herum.

„Treue – Hoffnung – Liebe!", klang aus einem Winkel des Raumes, verband sich mit den hell und freundlich und unermüdlich sanft klingenden Melodien. Ganhas Gedanken und die Gedanken der weisen Frauen waren Kiwi in diesem schweren Kampf zur Hilfe geeilt. Die Dämpfe, die Kiwis Körper verließen, wechselten von dunklem Schwarz in giftig wirkende, grünlich bis schwefelgelbe Schwaden.

„Niva! Treue, Mut ..." Niva hörte ganz deutlich die Stimme Siyas in sich. Sie fühlte, wie sich ihr Körper auflöste, schnell und mit silbrigem Leuchten.

„Umarme Kiwi!" forderte Ganha das nun durchsichtige Wesen auf. Niva legte ihre Arme um ihre erstarrte Freundin, wie eine schützende Haut überzog sie Kiwis Körper, schob sich ganz und gar unter die bösen, jetzt graugelben Dämpfe. „Treue! Hoffnung!", flüsterte sie mutig, denn Guruch war jetzt ganz aus Kiwis Gestalt gefahren, gezwungen von den Klängen und der Güte Siyas und der Geistesstärke der weisen Frauen. Aufgebracht und zornig und voll gemeiner, hilfloser Wut musste Guruch aufgeben.

„Mach dich vom Acker, du fieses Ekelpaket!", schrie Dodi vorlaut und total erschrocken über sich selbst. Sie wollte irgendetwas tun, um ihrer großen Schwester zu helfen. „Oha! Er ist wech! Das sind doch Dinge, die die Welt nicht braucht!"

Siya hatte den Angriff auf Kiwi für sich entschieden, Guruch musste gedemütigt gehen. Er hasste die Güte, sie nahm ihm seine Kraft, wann immer er auch mit ihr in Berührung kam. Es gelang ihm kein Zurück.

Geschlagen und geschwächt verließ er Kiwi, feige und ohne Hoffnung auf die Möglichkeit weiterer boshafter Angriffe auf das Orakelkind.

Total erschöpft und wie in Trance sprach Kiwi: „Es war eine wichtige Schlacht, die wir geschlagen haben. Hoffnung und Liebe sind auf unserer Seite. Im Namen aller Terronen danken wir dir, Siya." Dann fiel sie kraftlos in einen tiefen Schlaf. Than legte seine Freundin auf ihr Bett, er war immer noch entsetzt und doch erleichtert. Vorsichtig nahm er eine Hand der schlafenden Kiwi, setzte sich an ihr Schwebebett und wachte über ihren ruhigen, entspannten Schlaf.

Fasziniert beobachtete er, wie Niva ihren sichtbaren Körper entstehen ließ. Erst verließ die silberne Hülle Kiwi, das schützende Gebilde zog sich zusammen, rollte vom schlafenden Körper über den Boden, um sich in der Mitte des Raumes zu einer länglichen, zart glühenden, aufrecht stehenden Gestalt zu strecken. Langsam nahm sie, wenn auch blasse Farben, an. Schon bald waren Nivas durchscheinendes Gesicht und ihre hellgrauen Augen zu erkennen. Than sah, wie ein tiefer Atemzug Nivas durchsichtigen Brustkorb hob und senkte und langsam aber sicher aus dem körperlosen Wesen wieder Niva, seine geschätzte Freundin wurde.

„Das war ja wohl voll die Horrorshow. Wat für'n Blödmann, der hässliche Kerl! Nee, nee, Dinge, die die Welt nicht braucht!" Dodi versuchte wirklich, ihren Wortschatz zu bändigen. Sie wollte lieber vorsichtig sein, damit sie nicht doch noch von Guruch erwischt wurde. „Was für 'ne Show, Niva, hast echt ne Menge drauf!" Ehrfürchtig starrte sie das weiße Mädchen an.

Than lächelte erleichtert, er hatte nichts unternehmen können während des magischen Ereignisses, die Angst um seine geliebte Kiwi hatte ihn buchstäblich gelähmt. Die sphärischen Melodien verklangen leise, eine zufriedene Stille breitete sich aus.

„Wirst du mich nach Hause begleiten, Than?" Niva fragte es sehr besorgt, sie fürchtete sich allein dort draußen. „Auch wenn Guruch jetzt geschwächt ist, die Tumulte in den Straßen setzen sich fort. Ich glaube nicht, dass ich noch eine Entkörperung für den Heimweg zustande bringe."

„Ab die Post, ihr Zwei. Ich krieg das hier schon gebacken." Dodi fand langsam ihre Sprache wieder. „Hund und ich werden aufpassen, dass der blöde Penner nicht noch einmal über Kiwi herfallen kann. Schleimkerl, der!"

Than nickte. „Kiwi ist in Sicherheit, ich weiß es. Sie schläft den Schlaf der Erschöpfung und sie ist in ihren Räumen geborgen. Siya wird über sie wachen." Er folgte Niva, schenkte der ruhenden Kiwi noch einen liebevollen Blick und betrat zusammen mit seiner blassen, unscheinbaren Gefährtin die Straße. Nicht ohne Dodi noch einmal zur Ordnung zu rufen. „Brav sein, Kleine!" Eigentlich war es doch gut, dass es die freche Krabbe neuerdings gab, so war Kiwi jetzt wenigstens nicht allein.

Es waren nicht viele Menschen auf den Straßen Terras zu sehen, die meisten fürchteten sich hinaus zu gehen. Bleich und deprimiert von den Einfällen der Gedankenspione lebten sie hinter fest verschlossenen Türen und verdunkelten Fenstern. Aeroporter und Eilgleiter, die sonst den Raum über den Häusern belebt hatten, waren nur noch selten zu sehen, die Terronen verschlossen sich hinter dicken Mauern aus Qual, Furcht und Hoffnungslosigkeit. Viel zu viele der Bewohner Terras waren in den letzten Tagen ausgelöscht worden, vernichtet durch die von Guruch gesandten Kämpfer. Trauer machte sich breit und lähmte die Überlebenden, besser, man versteckte sich, hungerte und durstete in selbst gewähltem Arrest.

Nur vereinzelt trafen Niva und Than auf böse und wütend vor sich hinstarrende Menschen. Die beiden schlichen sich, wo es nur ging, an den mit Hass Infizierten vorbei, in der Hoffnung, nicht von ihnen entdeckt zu werden.

Hoffnung

Kurz bevor Niva und Than ihr Wohnviertel erreichten, stießen sie auf eine wild schreiende, heftig um sich fuchtelnde Gruppe von Männern und Frauen. So plötzlich tauchten sie vor den Beiden auf, dass sie nicht die geringste Möglichkeit sahen, sich zu verstecken. Die schmutzige Horde stürmte auf Than und Niva zu, drohend, mit gezückten Streamern. Die Gesichter der Angreifer waren von tiefen Furchen durchzogen, sie erweckten den Eindruck, seit Tagen und Nächten nicht mehr geschlafen zu haben. Eitrige Wunden, Striemen auf der Haut und dunkelblaue Flecken zeugten von handfesten Streitereien, von dummer, Hass erfüllter Mordlust. Zerfetzte, ehemals wunderschöne, einst grün schimmernde Overalls hingen wie Lumpen von den gebeutelten Leibern herab und unterstrichen das Angst einflößende Auftreten der Angreifer.

Niva und Than blieben stehen, ganz still, bewegten sich nicht einen Millimeter, wagten kaum zu atmen. Niva wünschte nichts sehnlicher, als sich noch einmal entkörpern zu können, doch so sehr sie ihre Gedanken darum bemühte, es ging einfach nicht.

Bleich, in gespannter Erwartung, stand sie wie zu Eis erfroren, nicht in der Lage, auch nur mit einer Wimper zu zucken. Sie fühlte Than, der dicht neben ihr war, vorsichtig nach ihrer Hand greifen. Than konzentrierte sich, mit weit aufgerissenen Augen starrte er auf die pöbelnden, aufgeregten Terronen, die nur noch einige Armlängen von ihnen entfernt waren.

Züngelnd schossen zwei glühende Strahlen aus Thans Augen, zischten über die Köpfe der Rebellen hinweg, umschlangen einen kräftigen Baum und zogen sich dort, Niva und Than mit sich durch die Luft wirbelnd, zusammen.

Kreischend und laut schimpfend hatte die tobende Meute die Flucht der beiden jungen Menschen verfolgt, enttäuscht zeternd jagten sie erneut auf Than und Niva zu. Than richtete seine Blicke auf den rasenden Haufen vor Wut geifernder Menschen, wieder schossen intensiv leuchtende Strahlen aus seinen Pupillen heraus. Schlangengleich wanden sich die glühenden Peitschen um die aufgeregte, von Hass erfüllte Meute. Wie lichte Fesseln zogen sich nun die Strahlen zusammen, eng zusammengeschnürt waren die Angreifer auf einmal hilflos.

Ganz still und ohne Gegenwehr ergaben sie sich ihrem Schicksal, rührten sich nicht. Kein Laut war mehr zu hören, nur eine knisternde Stille zeugte noch davon, dass vor Sekundenbruchteilen der Hass regiert hatte. Hilflos und Schuld bewusst blickten die verwirrten menschlichen Gestalten nun um sich, die Angst vor Rache und einer schlimmen Strafe sah aus ihren Augen genau so wie Neugier und Entsetzen über das, was ihnen gerade geschah.

„Habt keine Angst!", sprach Niva, denn Than brauchte immer noch seine ganze Konzentration, um den gefesselt in der Luft schwebenden Haufen zu beherrschen. Mit pulsierender Energie erhielt er die rettenden Schlingen am Leben, war jedoch vorsichtig genug, keine der armseligen Kreaturen zu verletzen. Than war stark, mit jeder Sekunde steigerte sich sein Selbstvertrauen und sein Wille, die Horde zu zähmen.

Niva fuhr fort: „ Wir sind Niva und Than, Geisteskinder Siyas und von ihr beauftragt, euch Güte und Hoffnung zurück zu bringen."

Konzentriert versuchte sie, Kontakt mit Siya aufzunehmen. `Wäre doch Kiwi nur hier, ich würde alles dafür geben!´, dachte das weiße Mädchen. Direkt neben sich hörte sie leises Winseln. „Lieb, wie schön, dass du da bist!" Das plötzliche Auftauchen des Hundes ließ Niva erleichtert aufatmen und gab ihr das Gefühl eines Hauchs von Sicherheit. Lieb setzte sich neben Niva und schaute neugierig auf die immer noch in der Luft schwebenden Gefangenen.

`Kiwi hat mich aus ihren Träumen zu euch gesandt.´ Lieb hechelte leise und legte sich. Deutlich konnten Than und Niva ihn in ihrem inneren Ohr hören. Sie wunderten sich nicht darüber, einen Hund zu verstehen. Niva schenkte Lieb all ihre Aufmerksamkeit. Sie hatte verstanden. Lieb war der Mittler zwischen ihnen und Kiwi, damit Siya durch sie sprechen konnte.

„Brav, Lieb.", flüsterte Niva. Beruhigt strich sie dem Hund über das glänzende, gepflegte Fell. Dann schloss sie ihre klaren, hellen Augen und ließ den Gedanken Liebs in ihrem Kopf freien Lauf. Sie konnte hinter ihren geschlossenen Lidern ein zartes Rot erkennen, hörte leise, fließende Klänge und wie aus weiter Ferne begann sie zu sprechen.

„Menschen von Terra. Von Hass und Wut betroffen, infiziert durch die Gedanken der Männer Guruchs, die ihr schändliches Unwesen verbreiten, habt ihr die Liebe verloren. Ich, Siya, die gute Geistfrau, bringe sie euch zurück, als immer während des Geschenk, als Gabe des Guten, der Hoffnung und des Vertrauens." Niva atmete tief und sprach dann weiter. „Nehmt meine Geschenke an, damit ihr wieder in Frieden und Freundlichkeit miteinander leben könnt. Versperrt euch gegen die Gedanken Guruchs und lasst die Zukunft und die Hoffnung wieder erwachen, denn ohne Hoffnung habt ihr alle keine Zukunft mehr."

Niva blickte besorgt auf Than, der inzwischen kreideweiß war, mit dicken Schweißperlen auf der Stirn die nun verunsicherten Terronen immer noch gefesselt hielt. Aber sie zweifelte nicht. Siya war bei ihnen, sie beschützte sie und schenkte ihnen ihre gütige Kraft.

Es war genau zu erkennen: Die irren Blicke der Meuterer entspannten sich, sie schauten nicht mehr starr und Wut erfüllt auf Than und Niva.

Wie aus einer Trance erwachend, sahen sie um sich, verstört und entsetzt. Sie ließen ihre Streamer angewidert und erschrocken zu Boden fallen. Wie konnten sie nur Waffen tragen? Ein nur ganz leises Grollen war noch zu hören, Guruch und seine Spione waren durch den Kontakt mit Siyas Güte zu geschwächt, um dem direkten Angriff der Geistfrau noch länger standzuhalten. Nicht einmal das gefürchtete, hassvolle Kreischen war zu vernehmen, als die Gedanken der Geistesspione die Köpfe der Gefangenen verließ, nur ein leises, in sich zusammen fallendes, schwaches Grollen.

Niva sah dankbar auf Lieb, der immer noch hechelnd neben ihr lag. Than lächelte, und mit diesem Lächeln verblasste das Licht der Fesseln langsam und ließ die erschrockenen Angreifer zu Boden purzeln. Beschämt sahen sie an sich herab, entsetzt und verlegen versuchten sie, ihre zerlumpten, schmutzigen Anzüge vom Dreck zu befreien. Fragend schauten sie um sich, es fehlten ihnen wirklich die passenden Worte für das, was sie erblickten.

„Was ist geschehen?", murmelte eine der Frauen verständnislos. Keiner von den noch vor kurzer Zeit aggressiven, wütenden Rebellen konnte begreifen, dass sie schmutzig und verwahrlost hier aus ihrer Benommenheit erwachten.

Siya machte den verwirrten Terronen noch ein weiteres Geschenk. Die Wunden des Zornes begannen sich unaufhaltsam zu verschließen, heilten unter ihrer geistigen Fürsorge ab und verblassten.

„Wir schämen uns, wie konnten wir nur unser Vertrauen und die gegenseitige Achtung voreinander verlieren? Vergib uns Siya, wir danken dir für deine Hilfe." Schnack, der Älteste der Rebellen, sah beschämt zu Boden. „Und wir danken euch, Niva und Than, dass ihr uns so mutig von den bösen Spionen befreit habt." Voll Grauen blickten die Männer und Frauen auf die am Boden liegenden Waffen.

Nie wieder wollten sie so etwas tragen. Sie hoben sie auf, wickelten alle in einen großen, durch das üble Gewirr ziemlich verschlissenen Umhang um sie später zu zerstören.

Than und Niva nickten nur ernst und gingen erleichtert und zufrieden zu ihren Häusern. Zerknirscht begleiteten die in Lumpen und Fetzen gehüllten Gestalten ihre Retter, Tränen der Erleichterung und des Bereuens liefen über ihre zerfurchten Wangen und hinterließen helle Rinnsale auf den verschmutzten Gesichtern. Funkelnde, große Tränen glätteten die Zornesfalten, blinkend kullerten sie zu Boden und wuschen die Spuren des Hasses und des garstigen Zorns von den erleichterten Minen ab.

Genau so, wie es bei Lieb geschehen war, schlossen sich immer mehr

Menschen diesem stetig länger werdenden Zug an, friedlich und entspannt und unendlich erleichtert demonstrierten sie den Frieden.

Die Infektion mit bösartigem Gedankengut, das sich seuchenartig auf Terra ausgebreitet hatte, verschwand aus den Gedanken der Menschen am Abend des Tages acht nach Guruchs Invasion.

Frieden

Kiwi erwachte aus ihrem tiefen Schlaf, als Maja aus der Gesundheitsbasis kam. Müde sah ihre Ziehmutter aus, mit dunklen Ringen unter den Augen, total erschöpft, blass und kraftlos. Seit der heimtückischen Invasion Guruchs war es ihr nicht möglich gewesen, ausreichenden, erholsamen Schlaf zu finden. Zu groß war das Elend, zu zahlreich die bösen, schmerzenden Verletzungen der Terronen, die es bis zur Gesundheitsbasis geschafft hatten. Viele von ihnen waren schon auf dem Weg zur Rettung erloschen, nur wenigen gelang es, die Hilfe der unermüdlich arbeitenden Gesundheitsbewahrer zu erreichen. Doch es waren immer noch zahlreiche Verwundete bei Maja angekommen, so dass sie, ihre Helfer und die medizinischen Räte mit der Rettung der Leidenden Tag und Nacht beschäftigt waren. Dazu kam noch, dass auch die Genesenden ein weit offenes, leicht erreichbares Ziel für die feigen Angriffe durch Guruchs zerstörerischen Krieger waren.

Verwirrt und geschwächt waren sie den Gedankenspionen wehrlos ausgeliefert. Sie tobten, sobald sie wieder zu Kräften kamen, wütend und verwirrt griffen sie sich und ihre Helfer an und waren nur durch schwere Drogen ruhig zu stellen.

Maja setzte sich zu Kiwi und Dodi und schaute in das Gesicht des erwachenden Mädchens. „Ich muss dir unbedingt aus der Gesundheitsbasis berichten, mein Kind." Maja hielt sich nur mühselig wach. Nippte an ihrem großen Kaffee, den Dodi ihr aus der Küche geholt hatte. Sie liebte dieses Getränk seit jeher und war froh, dass der Servomat es auf Wunsch auf einmal wieder hergab. Innerhalb von wenigen Stunden hatten sich auf Terra wieder die gewohnten Zustände ausgebreitet. Fürsorge, Aufmerksamkeit und Freundlichkeit, gemischt mit ungläubigen Entsetzen über die tragischen Vorfälle stellten sich mit vergehendem Grauen wieder her, Maja erschienen die vergangenen Tage wie ein wüster, Unheil bringender Spuk.

Kiwi blinzelte ins helle Sonnenlicht, das ihre Räume durchflutete und vernahm leise, geschäftige Stimmen auf der Straße. Erstaunt richtete sie sich auf und klopfte auf ihre Bettdecke. „Lieb, komm her zu mir, mein Guter." Lieb hatte auf einem großen Kissen vor Kiwis Bett zusammen mit Dodi über den Schlaf seiner Herrin gewacht. Er war nach Hause gestromert, als der Kampf gegen die verunsicherte, tobende Horde gewonnen war. Dodi hatte ihm die Türen einen kleinen Spalt geöffnet, so dass er schnell und ganz leise zu Kiwi gelangen konnte.

„Was ist geschehen, Maja?", fragte Kiwi ruhig und entspannt und ein Lächeln zog durch ihre Gedanken. Sie wollte nicht in Majas Kopf lesen, auch so wusste sie schon von der positiven Veränderung, die da draußen auf Terras Straßen vor sich gegangen waren.

„Stell dir vor, die dramatische Lage auf Terra hat sich von einer Stunde auf die andere normalisiert. Die Menschen begegnen sich auf einmal wieder mit Achtung, es ist bald so, als ob der tragische Krieg, der wie ein heftiges Unwetter über uns hereingebrochen war, niemals stattgefunden hat. Nichts ist mehr zu fühlen von Guruch, von Hass und Verzweiflung. Wie ein lichter Hauch hat sich überall ein neues Wohlgefühl und Zufriedenheit ausgebreitet. Der Krieg ist vorbei!"

„Ha! Kiwi hat dem alten Penner aber so richtig das Fell über die Ohren gezogen, Maja. Hier hat echt der Bär gesteppt." Dodi war immer noch ganz aufgeregt, ein stolzer Unterton schwang in ihrer Stimme mit. „Hast echt was verpasst, Maja. Ist doch kein Zimperpüppchen, die Große." Dodi grinste ein breites Lächeln.

Kiwi spürte das immer noch anhaltende Erstaunen Majas und begann von ihrem Kampf mit Guruch zu berichten, erzählte ihrer nun erschrocken und besorgt blickenden Mutter von dem rechtzeitigen Einschreiten Ganhas und der weisen Frauen, von Siya, die durch ihr Erscheinen die Lage zur richtigen Zeit gewendet hatte und von Lieb, der in ihrer erholsamen Trance Niva und Than zur Hilfe geeilt war.

„Stell dir nur vor, Kiwi, all diese schlimmen, gefährlichen Wunden, sie verschwanden einfach. Waren plötzlich nicht mehr da. Es gibt nicht einmal Narben, alle Verletzungen verblassten ohne mein Zutun."

Kiwi nickte. „Guruch ist der Güte Siyas erlegen. Geschwächt durch den Kontakt mit der guten Geistfrau kann er uns nichts mehr antun. Seine Spione haben sich unter dem Schock aufgelöst, sie sind verschwunden und von Siya in unwiederbringliche Weiten der Galaxien verbannt worden." Kiwi strich über das müde Gesicht ihrer Mutter. „Fürchte dich nicht mehr, Maja, überall auf Terra breitet sich der Frieden aus. Du solltest jetzt schlafen, auch über dich wacht Siya. Du hast es dir wirklich verdient." Kiwi lachte übermütig. „Ich werde jetzt mal aus meinem Bett steigen und den neuen Tag begrüßen. Ruh dich nur aus, der Spuk ist vorbei." Sie nickte Maja aufmunternd zu und ging ins Bad.

„Gute Idee, Schnarchnase!" Dodi musste einmal mehr das letzte Wort haben, aber dieses letzte Wort hatte sie wirklich voller Bewunderung gesprochen.

Als Kiwi unter dem Wasserspiel stand und sich von den warmen, weichen Fontänen berieseln ließ, dachte sie an Than. Ein sehnsüchtiges Träumen entstand in ihr, Than – sie würde ihn heute wieder sehen, so lange hatte sie auf einen Moment des Friedens gewartet, der ihr die Gelegenheit gab, an sich selbst und die Liebe zu Than zu denken.

Bunte Bilder entstanden vor ihren geschlossenen Augen, sie sah Thans liebes, junges Gesicht vor sich. Seine schwarzen, immer neugierig funkelnden Augen, Kiwi konnte sein Lachen hören, tief in sich. Sie fühlte seine Lippen auf ihrem Mund, spürte fast seinen Atem auf ihrer Haut. War es das warme, strömende Wasser, das sie streichelte? Oder spürte sie seine Hände, die mit dem entspannenden Nass zärtlich über ihre Haut glitten? Kiwi seufzte. `Bald,´, dachte sie, `bald werde ich deine Gefährtin für immer sein, Than. Nichts wird uns trennen." Sie träumte. Verliebt, mit klopfendem Herzen und doch wachen Sinnen war sie bereit, ihr Schicksal dankbar anzunehmen und ließ sich tragen von einer sehnsüchtigen Woge der Erwartung.

Than erging es zu Hause ähnlich. Er war nun ausgeruht von seinem anstrengenden Kampf, gestärkt durch einen langen, tiefen Schlaf.

Seine Eltern hatten ihn glücklich zu Hause begrüßt, und nach einer leckeren Mahlzeit, die der Mikronenherd auf einmal wieder bereit hielt, hatte er sich hingelegt, um sich traumlos von seiner Anstrengung zu erholen.

Schon beim Erwachen fühlte er Kiwi in sich, sah ihre bunten Träume und fühlte eine sehr enge Verbindung zu seiner geliebten Freundin. Glücklich frühstückte er, leise vor sich hinträllernd, sein fröhlich klopfendes Herz und seine tiefen Gefühle genießend.

Thans Mutter lächelte über das Verhalten ihres einzigen Sohnes, sah ihm in seine großen, leuchtenden Augen und erkannte, was für neue, aufregende Gefühle sich in ihrem Sohn entwickelten.

„Du bist jetzt neunzehn Jahre alt, mein Sohn.", sagte sie zu ihm und war unheimlich stolz auf ihn. „Siya wird dir bald eine Gefährtin geben. Oder – hat sie schon?" Sie lachte laut, denn Than versuchte, ihren Blicken zu entgehen. Verlegen druckste er herum. „Mutter, Kiwi und ich, wir werden uns zusammen tun. Ich denke, Siya hat uns füreinander bestimmt." Than errötete, er war noch so unerfahren, alles war so neu für ihn. Kiwi – Kiwi – Kiwi! An nichts anderes mochte er mehr denken, nur an seine schmale, rothaarige Kiwi, die er über alles liebte.

„Sag, Mutter, ist es dir recht, wenn Kiwi meine Gefährtin wird?"

„Mein Sohn, wir, dein Vater und ich, wissen es schon lange, dass ihr Zwei zusammengehört. Wir freuen uns über alle Maßen mit euch, denn Siya will es so für euch." Thaja zog ihren Sohn an sich und umarmte ihn. „Wir sind stolz auf dich, Than! Ihr werdet ganz sicher ein aufregendes, erfülltes Leben miteinander finden."

Than war überglücklich. Heute würde er Maja fragen, ob Kiwi ihr weiteres Leben mit ihm zusammen verbringen durfte. Wie fantastisch war es doch, dass es Siya gelungen war, endlich die Liebe wieder zu den Terronen zu bringen.

Auch Niva war voller Stolz. Zufrieden ließ sie sich von ihren Eltern umarmen, ihre sonst so weiße Haut bekam vor lauter Glück einen fast rosigen Schimmer. So hübsch sah das weiße Mädchen auf einmal aus.

Das Leid des Hasses

Guruch hockte, nur noch ein übel riechender Rest seiner selbst, kraftlos in einer Ecke seiner kalten, modrigen Höhle. Zum ersten Mal seit er existierte, fühlte er Mitleid – Selbstmitleid. Nicht nur den rebellierenden Hass, das gefürchtete Böse, das er selbst war, nein, tiefes, schmerzendes, bohrendes Mitleid mit sich und seinem zerstörerischen Dasein.

Der Herr des Zorns litt. Benommen von der Schwäche, alleingelassen von seinen Spionen, war sein steinernes, eiskaltes Herz beinahe unfähig, den Hass am Leben zu erhalten. Er war grünlich-bleich, fühlte sich vernichtet, gepeinigt und noch schlimmer: Gedemütigt von Siya und ihren mutigen, beherzten Helfern.

Guruch brachte kein Kreischen mehr zustande, kein Grollen, hilflos und fast am Ende seiner Kräfte glimmte sein Lebensmut nur noch mit einer winzig kleinen Flamme. Er jammerte! Klagte! Schwarzgrüne Tränen der Hilflosigkeit liefen über sein hässliches Gesicht, hinterließen tiefe Falten und Gruben auf seiner fahlen, verdreckten Haut. Dem Irrsinn nahe konnte er keine klaren Gedanken fassen, niemand war da, an dem er sich in Wut und Hass ergötzen konnte, um dem bösen Geist wieder Nahrung zu geben.

„Alle haben mich verlassen, feige, widerwärtige Spione!", quiekte er vor sich hin, jämmerlich und am Boden zerstört. Der Hass ließ ihn zum ersten Mal leiden, zum ersten Mal den Schmerz der einsamen Folter fühlen. „Mordh! Du hast gewagt, über mich zu lachen, damit fing das Elend an." Ein heulendes Schluchzen kam aus seinem dünnlippigen Mund. „Deine Strafe hast du bekommen ..." Guruch stieß ein leises, irres Kichern aus. Er kroch auf allen Vieren durch den Schlamm, der den Boden der ekligen Höhle überzog. Mühsam krallte er sich mit seinen langen, scharfen Fingernägeln in den Dreck, zog sich unter großer, qualvoller Anstrengung so durch seine Behausung.

„Nicht einmal Saukh, mein bösartiger Liebling ist mir geblieben.

Sauuuuukh!" Er jaulte und heulte, der Hass in ihm wollte einfach nicht die Stärke annehmen, die ihn sonst zu seinen üblen Schandtaten aufgestachelt hatte. Stumpf, ohne einen rettenden Einfall kroch er in der Höhle herum, planlos, keine helfende Idee befiel ihn.

Schwach war der Meister der Bösartigkeit! Er musste gedemütigt zusehen, wie die Terronen ihre ausgelöschten Freunde und Gefährten im Ritual verabschiedeten und wie auf Terra die Spuren des kurzen, heftigen Krieges beseitigt wurden. Guruch war nicht einmal mehr in der Lage, traurige, weinende Menschen zu erreichen und sie wiederum zu verunsichern. Das Böse und der Hass waren Siyas Güte und der Liebe erlegen. Und erst Kiwi! Wie einfach die hässliche Kröte es doch gehabt hatte!

„Oh Saukh, wenn wenigstens du noch bei mir wärest!" Irre sah er mit seinen kleinen, hinterlistigen, jetzt vor Hilflosigkeit fast wahnsinnig blickenden Augen um sich.

Dort! In einem dunklen Winkel der Höhle, was war das? Er robbte keuchend auf das merkwürdige Bündel zu, das da unscheinbar auf den rauen Felsen lag. Gestaltlos, flach, schlapp, wie zerquetscht lag dort die körperliche Hülle seines wichtigsten Kriegers. Sie war noch nicht zerlaufen und in den schleimigen Schlamm gesickert, sie war nur ohne bösartiges Leben.

Guruch kicherte hysterisch. Saukhs Hülle! Das konnte nur bedeuten, dass sein boshaftester Krieger noch nicht ganz verbannt war! Er starrte auf das zusammengefallene Bündel, das sich, wenn er garstig und genau genug hinsah, pulsierend bewegte. Sehr schwach, kaum merklich und trotzdem nicht zu übersehen. Ein leises, an das Zischeln einer Schlange erinnernde Geräusch drang aus dem widerlichen Gewölle, das dort lag. „Meister....", zischte es, „Herr …"

Es war der Moment, an dem Guruch die Hoffnung kennen lernte. Er wollte dieses Bündel mit letzter Kraft pflegen, hegen, es aufbauen, um dann mit ihm zusammen neue, von Zorn und Wut lebende Krieger zu rekrutieren.

Er hatte Zeit, Terra würde sich auch für ihn weiter drehen.

Die Ruhe nach dem Sturm

Kiwi, Niva und Than trafen sich am ersten Tag der Ruhe nach den Revolten. Endlich war das Lachen, wenn auch noch leise, wieder eingezogen unter den Erdlingen, sie genossen ihr Dasein jetzt, nach den vielen tragischen Ereignissen umso mehr.

„Meine Schöne." Than strahlte und nahm Kiwi in seine Arme. Er küsste sie verspielt und überglücklich und konnte seine geliebte Freundin gar nicht aus den Augen lassen.

Niva kicherte. „Aha! Na endlich. Ihr seid ein tolles Paar, wirklich!"

Than versank in Kiwis Augen. Die Beiden hatten auf einmal das Gefühl, ganz allein auf dieser Erde zu sein, nichts und niemand konnte sie in ihrem Glück stören. Nicht einmal Dodi, die ihre sommersprossige Nase auch diesmal in alles steckte. Sie rollte nur ihre Augen zur Decke und murmelte: „Man, muss Liebe schön sein, gutschi, gutschi ....", und verschwand lieber in ihr Zimmer, damit sie nicht störte. Rücksichtsvolles, kleines, sensibles Monsterchen.

Than raffte seinen ganzen Mut zusammen. „Willst du wirklich meine Gefährtin sein, Kiwi, mit mir durchs Leben gehen und mich durch meine Zukunft begleiten?"

Kiwi strahlte vor Glück. „Ich kenne dich schon so lange, Than. Gemeinsam mit Niva haben wir schlimme Kämpfe überstanden, wir sind zusammen aufgewachsen und haben uns nie verletzt." Kiwi nickte und sprach dann weiter. „Siya hat uns die große, tiefe Liebe geschenkt. Ja, ich will deine Gefährtin sein und mit dir mein Leben teilen."

Ganz atemlos vor taumelndem Glück umarmten Kiwi und Than sich und besiegelten ihren gemeinsamen Anfang mit einem langen, liebevollen Kuss.

Tief in sich konnte Kiwi Siyas zufriedenes Lachen hören, klingend und hell fühlte sie es, spürte, wie froh die gute Geistfrau über dieses Bündnis war.

„Hey, ich bin auch noch da!" Niva kicherte immer noch. Sie freute sich über das große Glück ihrer Freunde. Than und Kiwi umarmten sie stürmisch, Niva würde immer zu ihnen gehören, denn das weiße Mädchen gehörte seit vielen Jahren einfach dazu.

„Lass uns zu Maja gehen und ihr von unseren fantastischen Plänen erzählen." Kiwi war ganz aufgeregt, gespannt darauf, ob ihre Ziehmutter ihnen den Segen für die Verbindung gab.

Ein Haufen Übermut traf in Majas Räumen ein. Than umarmte die Frau, die von nun an auch seine Mutter sein sollte, ganz herzlich und lachte.

„Maja, gib uns deinen Segen. Ich möchte gern Kiwis Gefährte sein bis ans Ende unserer Tage." Ganz ernst sprach er und hielt dabei eine Hand Majas und mit der anderen Kiwis. Ein feierlicher Augenblick, der auch Niva zu Herzen ging.

Maja lächelte. „Ihr habt euch gefunden. Schon lange ahnte ich, dass ihr euch verbinden würdet. Mein Segen und der Segen Siyas soll euch durch euer Leben begleiten und die Liebe in euch bewahren." Sie küsste Than auf die Stirn, nahm dann Kiwi in ihre Arme, strich durch ihr junges, zartes Gesicht. „Möge Siya euch immer glücklich sein lassen. Meine Kinder!"

Ein schöner Tag, Aufregung und Freude wuchsen in den verliebten Terronenkindern. So viel war jetzt zu besprechen, zu planen. Ein Fest sollte vorbereitet werden, um diese Verbindung auch von Siya in der Öffentlichkeit segnen zu lassen. Von weit her hörte Kiwi in ihren Gedanken, die jetzt mit den Vorbereitungen des Festes beschäftigt waren, ein leises, kraftloses „sssss". Doch sie schob es bei Seite, nichts konnte ihre glücklichen Gefühle stören.

„Oh man, hat hier einer 'ne Dose aufgemacht? Da hab ich ja tatsächlich noch einen Bruder." Dodi genoss sichtlich die Vorbereitungen für die Verbindung Kiwis und Thans.

Maja schaute stolz auf ihre Kinder. Wie froh und zufrieden sahen die Beiden aus. Sie hatten es sich verdient. Wehmütig dachte sie an Xenos und ihre gemeinsame, schöne Zeit auf der Venus. Xenos .... Tief in ihrem Innern entstand ein Lächeln. Sie verstand Kiwi und Than nur zu gut, wünschte ihnen von ganzem Herzen das Glück, welches auch sie dort oben auf dem Stern der Sinne erfahren hatte.

Deutlich konnte Kiwi Majas Gedanken wahrnehmen. Wie sehr wünschte sie sich, dass auch Maja wieder einen Gefährten hatte, doch Kiwi wusste, dass es niemals Xenos sein konnte. Auf der Suche nach einer Möglichkeit ihrer Mutter eine ganz große Freude zu machen, hatte Kiwi sich vorsichtig und leise in den tiefsten Winkel Majas Gedanken vorgewagt und war dort immer wieder auf den Mann von der Venus gestoßen. Sie hatte gelesen, dass aus den heftigen, verliebten Gefühlen eine liebevolle Zuneigung gewachsen war, gepaart mit Vernunft und Treue zu sich selbst.

Kiwi hatte auch Xenos Gedanken besucht. Auch er dachte immer noch und immer wieder an Maja, die Frau von Terra. Liebe, freundschaftliche Gefühle hegte er für sie. Seine Besorgnis um Maja und Terra während des dramatischen Krieges waren Gefühlen der Erleichterung gewichen.

`Ihr solltet euch noch einmal sehen, Xenos, damit du dich beim Abschied noch ein Mal umdrehen kannst.´ Kiwi schickte den Gedanken zu Xenos nach Andromeda. Sie wusste, dass Maja erst dann wirklich frei sein würde und das Erlebte von der Venus als liebe, doch damit vollendete Erinnerung in ihrem Herzen abschließen konnte. Erst dann würde Maja Platz haben, einen neuen Gefährten zu lieben.

Die Räte Andromedas schickten Xenos, nicht ganz ohne Zutun Siyas, einige Wochen später nach Terra, um direkt vor Ort mehr über die Ereignisse zu erfahren und Glückwünsche zur gewonnenen Schlacht zu übermitteln.

Am Tage der Zeremonie, die zu Kiwis und Thans Zusammenführung begangen wurde, traf er auf Terra ein. Direkt auf der Aerobase, die in dem Kern des Gebietes lag, in dem Maja lebte. Wie zufällig brachte ein luxuriöser Aeroporter Xenos zu der Stätte, an der das große Fest stattfinden sollte.

Als ihm die Tür des Porters von einem großen, höflichen Terronen geöffnet wurde, klang ihm schon laute, freundliche Musik entgegen.

Das warme, helle Licht der Sonne schien auf fröhliche Menschen, auf Kinder, die aufgeregt und hübsch gekleidet in ihren bunten Festoveralls miteinander spielten. Sehr viele glückliche Terronen waren zur Verbindungszeremonie gekommen, wollten Zeuge des Gefährtenschwurs von Kiwi und Than sein.

Niva war zur Schwester der Verbindung ernannt worden. Sie hatte sich bereit erklärt, die Beiden als Beraterin und Schutzpatronin während der gemeinsamen Zeit zu begleiten.

Maja stand, umringt von ihren Söhnen Kooh, Mol und Arc, mitten im Trubel des festlichen Geschehens. Xenos erkannte sie schon von weitem.

Maja! Sie hatte sich überhaupt nicht verändert, jung und lebendig sah sie aus, Freude strahlte aus ihren Augen. Endlich, nach so vielen Jahren der Trennung, durfte sie ihre Söhne wieder einmal in ihre Arme schließen. Kiwi war jedem einzelnen von ihnen um den Hals gefallen, Kooh hatte sie wie damals, als sie noch ein kleines Mädchen war, durch die Luft gewirbelt, Arc hatte sie bis zur Atemlosigkeit an sich gedrückt und Mol zupfte wie immer an ihren roten Haaren. „Du bist ja eine richtige Frau geworden." Mol zwinkerte seiner Schwester liebevoll zu. „Und hübsch bist du, bei Siya, dein Gefährte muss der glücklichste Mann auf Terra sein."

„Und das also ist Dodi?" Kooh schaute erst seine Mutter fragend an und blickte dann auf Dodi, die sich dicht neben Maja aufhielt. Sie wollte in der großen Menge der Terronen ihre neue Mutter auf gar keinen Fall verlieren. „Hey, stimmt, du Schlaumeier! Ich bin deine neue Schwester, ätsch! Frag mich doch selber, ich hab einen eigenen Mund zum Antworten.", sagte Dodi schnippisch. Maja lachte. „Genau! Und was für einen großen Mund sie hat. Die Kleine ist eben ein Kind vom alten Stamm."

Than war stolz auf Kiwi, herzlich begrüßte er die Brüder seiner jungen

Gefährtin. Auch Thans Eltern waren zufrieden und glücklich, eine bessere Wahl hätte ihr Sohn nicht treffen können.

„Hey, Maja, sieh dir mal den langen Kerl an da hinten." Dodi zeigte auf Xenos, der Maja nun zaghaft zuwinkte. „Der sieht dich ja an wie 'n echtes galaktisches Wunder. Nee, Männer!"

„Dodi, bitte!" Maja sah Dodi, die ungewohnt gekämmt und ordentlich in ihrem festlichen, noch ganz sauberen Overall steckte, mit einem Lächeln, aber einigermaßen streng an.

Dann hob sie ihren Blick. Mit lautem Geläute und sirrenden Klängen wurde die Zeremonie eingeleitet. Majas Augen blieben an dem großen, kräftigen, sehr gepflegten Mann hängen. Xenos! Xenos? Hier? Ihre Gedanken überschlugen sich. Kiwi schritt Hand in Hand mit Than durch eine Gasse von Menschen, die ihnen fröhlich zuwinkte. Kurz vor Xenos blieben Kiwi und Than stehen. Kiwi blickte sich um, sah in einiger Entfernung Maja vor dem mit Tausenden von Blumen geschmückten Ort des Versprechens stehen. Deutlich konnte sie Majas Gedanken lesen. Xenos ... Sie trat auf den großen Fremden zu und sprach laut und deutlich: „Xenos, Botschafter auf Andromeda! Willst du mit uns an den Ort des Versprechens kommen und unseren Gefährtenschwur bezeugen?" Fragend lächelte sie den ernsten Xenos an. Dann drehte sie sich um und schritt an Thans Seite mitten in das leuchtende Blumenarrangement hinein. Ernst und still gefolgt von Xenos, der sich ganz nah neben Maja stellte. Es war deutlich zu erkennen, wie sehr Maja sich freute, dass Xenos, wenn für sie auch aus unerfindlichen Gründen, plötzlich erschienen war.

Maja vernahm ein leises Summen in ihrem Kopf, leicht und lieblich hörte sie Siyas leise Stimme: „Maja, ich habe dir Xenos gesandt, um dir diesen schönen Moment zu schenken. Bewahre ihn und du wirst frei sein für die Liebe zu einem neuen Gefährten." Das Summen verstummte.

In der Mitte des Blumenmeeres hatten sich Ganha und ihre weisen Frauen erhoben. Kiwi und Than standen Hand in Hand vor ihnen, bereit, der Zeremonie zu folgen.

Die Terronen wurden jetzt still. Ganha hob beide Hände und sprach: „Kiwi und Than! So, wie ihr jetzt Hand in Hand vor mir steht, so sollt ihr auch gemeinsam durchs Leben gehen, solange eure Liebe lebt. Vertraut euch und verschweigt euch nichts. Behütet euch gegenseitig, seid aufrichtig und ehrlich. Von Siya beauftragt, segne ich euch und eure immer währende Liebe." Ganha trat auf die Beiden zu und umarmte sie. „Ihr seid nun Gefährten. Ich wünsche Euch alles Glück der Welten!"

Als Kiwi und Than sich küssten, brauste tosender Applaus auf. Die Terronen jubelten. Am Himmel über dem Ort der Zeremonie zischten mit einem Mal funkelnde helle Lichter in unglaublich vielfältigen Farben dahin. Kleine, helle Sternchen blitzten und blinkten, ein zartes, überirdisches Sirren unterstrich dieses fröhliche Feuerwerk der Farben, die Siya geschickt hatte. Aus diesen Klängen heraus wisperte ihre liebliche Stimme.

„Seid gesegnet, Kiwi und Than, und all ihr guten Terronen auch."

Dann verblassten die Lichter und das sirrende Summen verklang. Endlich waren Kiwi und Than verbundene Gefährten. Verliebt lächelten sie sich an, nahmen stolz und dankbar die vielen Glückwünsche entgegen, die ihnen von allen Seiten überbracht wurden.

Im Augenwinkel nahm Kiwi Maja und Xenos wahr. Die Zwei standen etwas abseits von der Menge und unterhielten sich. Kiwi lauschte in sich hinein. „Sssssss", konnte sie hören wie schon so oft in den letzten Tagen. Doch jetzt gesellte sich ein „Huuuhhhh" hinzu, dann verschwand das Geräusch und Kiwi vergaß es, schob es wie so oft zur Seite. Es war heute der glücklichste Tag ihres Lebens.

Noch lange feierte die große Gesellschaft, diese Zeremonie würde keiner von ihnen so schnell vergessen. Bis in die frühen Morgenstunden gab es Musik und Lachen auf diesem Fest. Maja und Xenos gaben sich, unzertrennlich während der Feier, ihren Erinnerungen von der Venus hin, ließen sich in die Vergangenheit zurückfallen und waren froh, sich hier auf Terra noch einmal begegnet zu sein.

„Danke Siya.", dachte Maja immer wieder. „Danke!"

Als Xenos in das Haus des Gastes fuhr, in dem er übernachtete so lange er hier auf Terra war, wurde es schon langsam wieder hell. Am nächsten Tag würde er Maja wieder besuchen, denn schon bald sollte es wieder zurückgehen nach Andromeda.

Das Gleichgewicht

Erst gegen Mittag traf sich die Familie zu einem ausgiebigen Frühstück bei Maja. Than und Kiwi hatten ihr eigenes Reich schon vor der Zeremonie bezogen und trudelten, wie Niva, Mol, Arc und Kooh fröhlich und munter über die neue Verbindung schwatzend bei ihrer Mutter ein. Lieb sprang an jedem Einzelnen freudig hoch, kläffte übermütig und wurde wie ein Familienmitglied von jedem begrüßt. Dodi schnatterte ununterbrochen und wurde ständig wegen ihrer etwas markigen Aussprüche zur Ordnung gerufen.

Auch Xenos erschien, ein wenig unausgeschlafen zwar, aber er war da. Herzlich begrüßten alle Anwesenden den großen Mann mit den freundlich schauenden Augen.

Während des Essens berichteten Maja und Kiwi ihm von dem Terror, der noch vor wenigen Wochen hier auf dem blauen Planeten so viele Terronen ausgelöscht hatte.

„Ich habe während des Schlafes heftig geträumt.", erzählte Xenos, nachdem er sich die grauenvollen Berichte angehört hatte.

„Graue Bilder zogen vor meine geschlossenen Lider. Seid ihr sicher, dass das Böse wirklich gegangen ist?" Nachdenklich und zweifelnd sah er vor sich hin. Kiwi stutzte. Hatte nicht auch sie ein böses, wenn auch nur ganz leises Zischeln vernommen, ein Gänsehaut-Huhhh? Plötzlich beschlich sie ein kühles, unheimliches Gefühl. Sie schloss ihre Augen und fühlte Siya in sich erwachen.

„Meine Kinder!", sprach die gute Geistfrau aus Kiwis Mund. „Das Böse wird nie sterben. Es wird immer leben zur Mahnung an das Gute, damit ihr es pflegt und bewahrt. Guruch ist geschwächt, doch er wird sich erholen, so lange es Menschen auf Terra gibt, die zweifeln. Überzeugt euch selbst …" Die Stimme Siyas verklang, eine nachdenkliche Stille entstand.

„Wenn ich Siya richtig verstanden habe, braucht das Gute einen

Gegenspieler, damit man es auf ewige Zeiten schätzt." Mol unterbrach die Stille und trug ernst seine Gedanken vor.

„Aber, wenn es so ist, dann lebt Guruch ja noch!" Arc war entsetzt. Sollte seine Familie hier auf Terra auch weiterhin den Gefahren des Bösen ausgesetzt sein?

Xenos erhob sich. „Auch wenn es ganz schrecklich ist, ohne Böses gibt es kein Gutes. Doch wäre es mir lieber, euch alle in Sicherheit zu wissen. Wir sollten schauen, wo Guruch steckt. Wenn wir ihn an einen Ort verbannen können, von dem er nicht entrinnen kann, dann seid ihr nicht mehr in Gefahr."

Niva überlegte. Das weiße Mädchen war voll Mut und Tatendrang. „Ich werde nach Guruch suchen. Ich denke, ich werde ihn in der verbotenen Höhle finden, die jeder Terrone meidet. Noch ist er geschwächt vom Krieg. Wenn wir ihn in die Verbannung bringen wollen, so müssen wir es jetzt tun, bevor er wieder zu Kräften kommt!"

„Aber Niva, wie willst du ihm gegenübertreten. Du bist so zart!" Arc war wirklich besorgt, er hatte Nivas Stärke während des Krieges nicht erlebt und hatte Angst um die Freundin seiner Schwester. Dieses zarte, blasse, wunderschöne Wesen traute sich in die Nähe des Hasses? Ganz übel wurde ihm bei dem Gedanken. Niva – ihr durfte nichts geschehen. Arc fühlte eine kräftige Röte in sein Gesicht steigen, die sich mit fahler Blässe abwechselte. Weshalb klopfte sein Herz mit einem Mal so schnell?

'Nein', dachte er, so laut er konnte, denn er sah Kiwis schmunzelndes Gesicht. Bei allem Ernst hatte sie sofort die wachsenden, liebevollen Gedanken in Arcs Kopf gelesen. Schuld bewusst senkte Kiwi, jetzt verschmitzt lächelnd, ihren Blick, niemand, außer Arc und ihr, hatte mitbekommen, was in ihrem Bruder vorging.

„Ich werde Niva begleiten!", sagte Than. „Sie wird nicht allein in die Höhle Guruchs gehen." Er nickte bestätigend, es war für ihn beschlossen.

„Gut!", rief Kiwi. Sie wollte ihren Gefährten und ihre Freundin auch nicht allein der großen Gefahr aussetzen. „Wir drei haben zusammen den Krieg beenden können. Gemeinsam werden wir Guruch finden und ihn zum Ort seiner Verbannung bringen." Sie ließ keine Widerrede gelten, schon in der nächsten Stunde machten sie sich auf in den letzten, hoffnungsvollen Kampf für die Liebe.

„Siya! Begleite und beschütze meine Kinder!", bat Maja inbrünstig. „Du weißt, wo diese Höhle ist. Begleite sie mit deiner Güte." Maja wusste, das Siya ihren drei Geisteskindern Schutz und Beistand mit auf den Weg gab, trotzdem fürchtete sie sich. Doch Zweifel waren in dieser Situation falsch. Es war Mut gefordert und Vertrauen.

Xenos nahm Majas Hand. „Es wird alles seinen Weg gehen, Maja. Ich werde beginnen, einen Ort der Verbannung zu bauen. Mit gemeinsamen Kräften werden wir ein Bauwerk errichten, welches Gefängnis und Mahnmal zugleich sein soll." Xenos verabschiedete sich und ließ sich von einem Blitz-Aeroporter in den Hauptsitz der Räte bringen. In seinem Kopf war das Bauwerk schon fertig. Er brauchte nur noch die Zustimmung der Räte und einen geeigneten Platz für den Kerker, dann würde er mit Hilfe von Maschinen und Baumeistern schnell ein sicheres Gebilde errichtet haben.

Erschrocken stimmten die Räte dem Plan Xenos zu. Immer noch saß das Grauen der gewonnenen Schlacht tief unter der Haut und im Herzen der leitenden Terronen.

„Wir werden dafür die Insel zwischen den tiefen Meeren zur Zone der Verdammnis erklären. Wie gut, Xenos, dass du ausgerechnet jetzt auf Terra erschienen bist." Panth, der oberste Rat, drückte seine Erleichterung mit einem langen Seufzer aus. „Wir wissen, dass du ein großer Baumeister bist und vertrauen dir!"

Fieberhaft begann Xenos sofort mit den Vorbereitungen. Guruchs Gefängnis sollte ein hoher Turm aus Kupfer sein. Einhundertfünfzig Meter hoch, damit man aus weiter Entfernung schon das Mahnmal entdecken konnte. Schnell ließ er das Material auf den Kontinent in der Nähe der Insel bringen, damit Hunderte von Helfern sich ans Werk machen konnten. Keine Sekunde verlieren – der Friede Terras lag auch in seiner Hand.

In Gedankenschnelle musste das Bauwerk fertig werden, ohne Fenster und mit einem Einlass, der hermetisch verschlossen wurde, sobald der grauenvolle Guruch darin eingesperrt war.

Die Reise zur Höhle der Verdammnis

Kiwi, Than und Niva ließen ihre Stadt mit einem Minigleiter hinter sich. Erst außerhalb der Siedlungen, in der freien, weiten Natur verließen sie das bequeme kleine Fluggerät. Maja hatte darauf bestanden, dass auch Lieb die Drei begleitete. Er war Kiwi treu ergeben und nahm Gefahren viel schneller wahr, als je ein Mensch es könnte.

Der Gleiter entfernte sich, nicht ohne dass der Pilot ihnen alle guten Wünsche Terras für ihre gefahrenreiche Aufgabe mit auf den Weg gegeben hatte.

„Wo liegt wohl die Höhle des Bösen? Welche Richtung schlagt ihr vor?", fragte Than. So ganz genau wussten sie alle nicht, welch hässlichen Ort als Wiege des Hasses Guruch sich ausgesucht hatte. Kiwi schloss entspannt ihre Augen, sie konzentrierte sich. Langsam drehte sie sich in alle Himmelsrichtungen, aufmerksam in ihr Innerstes lauschend. ‵Siya, gib mir ein Zeichen!′, bat sie die gute Geistfrau inständig, horchend, fühlend, tief in sich gekehrt.

Kiwi stutzte. Dumpf und sehr leise konnte sie ein Angst einflößendes „Huuuuuuuh …" vernehmen. Kurz darauf ein „Ssssssss …", dann ein schwaches, jedoch sehr bösartiges „Jaaaa … Kommt nur, ihr widerliches Gewürm. Sogar jetzt werde ich euch schlagen." Und: „Hasssss …"

Die junge Frau hörte aus diesen Worten nicht nur die Kälte Guruchs heraus, nein, sie fühlte auch seine immer noch vorhandene Verletzlichkeit und seine Schwäche. Trotzdem wurde er ständig stärker und bedrohlicher.

Lieb begann zu winseln und aufgeregt zu kläffen. Er stupste Kiwi so heftig mit seiner feuchten, schwarzen Nase an, dass sie sich beinahe auf den Boden setzte, Than konnte sie so eben noch festhalten.

Kiwi lachte Lieb an. „Nicht so stürmisch, junger Mann, ist schon gut, ich habe ja verstanden." Sie kraulte seinen Nacken, das hatte er besonders gern. Dann hob sie ihre Hand und zeigte mit ausgestrecktem, spitzem Zeigefinger auf ein Gebirge in nördlicher Richtung. Es lag weit entfernt am Horizont, sie würden mehrere Tage brauchen, um zu Fuß dorthin zu gelangen. Doch Kiwi fühlte, wie Guruch mit jeder Stunde kräftiger wurde. Woraus schöpfte er nur seine Kraft, um sich so schnell zu regenerieren?

Kiwi hörte es hinter sich knistern und rascheln. Dann kam ein herzhafter Nieser aus einem Gebüsch in ihrer Nähe.

„Oh nein!", rief Than und raufte sich sein ohnehin schon vom warmen Sommerwind zerzaustes Haar. „Ich ahne Schreckliches."

Than hatte Recht. „Komm aus dem Busch, Dodi! Sofort!"

Schniefend, sich die Nase mit einem Zipfel ihres großen Umhanges abwischend, kroch Dodi aus dem Buschwerk hervor.

„Ist `ne Hamsterhecke, so`n Scheiß! Bin doch allergisch. Oh man, wenn ich das gewusst hätte."

„Dodi! Nein, was machst du denn hier? Es ist viel zu gefährlich für dich. Komm, sei lieb und lauf schnell wieder nach Hause. Das hier ist nichts für Kinder." Niva sah Dodi streng an.

„Papperlapapp!" Das kleine Mädchen sah frech in die Runde, energisch stampfte sie mit einem Fuß auf und ließ dabei ihre unzähligen Sommersprossen aufglühen. „Es ist so sicher wie der Furz des Elefanten: Ich werde mit euch kommen. Hab mich doch nicht umsonst hinten in den Minigleiter gequetscht und mir im Busch eine Schnoddernase geholt. Dinge, die die Welt nicht braucht, ich sag es euch."

Wild entschlossen stand sie vor den Anderen, die bereits resignierend den Kopf schüttelten. Dodi war halt wie ein Floh im Pelz eines Hundes wenn sie sich erst einmal etwas in ihr freches Köpfchen gesetzt hatte. Auch das war ein Relikt, eine Gabe des alten Stammes.

Hartnäckig und unbelehrbar ließ sie sich nichts in ihr stures, kluges Köpfchen setzen, was sie nicht selbst als für sich in Ordnung befunden hatte.

Niva seufzte. „Wenn es denn gar nicht anders geht, soll sie uns doch begleiten, nicht wahr? Wir können es scheinbar doch nicht verhindern."

Es blieb Kiwi und Than nichts anderes übrig, als zuzustimmen.

„Aber bitte, Dodi, zügele …" „Ich weiß, ich weiß!", quiekte Dodi. „Keine Unworte, wir leben im vierten Jahrtausend. Blablabla. Was ist nun, wollt ihr hier Wurzeln schlagen? Attacke! Ihr seid doch sonst nicht solche Schnarchnasen."

Es war hoffnungslos. Niemandem würde es gelingen, Dodi bis ins Letzte zu zivilisieren. Man konnte es gleich nachlassen, jeder Versuch, dem Mädchen ein wenig Kultur an zu erziehen, war zwecklos. Ein Kind des alten Stammes eben.

„Also wandern wir nach Norden. Ein ziemlich weiter Weg, aber wir werden es schon schaffen." Niva machte sich Gedanken über die Zeit, die diese Reise in Anspruch nehmen würde. „Sag mal, Than, meinst du nicht, wir können deine strahlenden Schlingen zur Hilfe nehmen?"

Than wusste sofort, was Niva meinte. Schließlich hatten die Strahlen ihn und Niva vor den aufgebrachten Rebellen in Sicherheit gebracht. Die Flucht vor der tobenden Meute konnten sie auch jetzt noch zeitlich kaum einschätzen. Zisch! Und sie waren auf der anderen Seite gelandet.

„Aber sicher, Niva! Dass ich gar nicht daran gedacht habe. Genau das werden wir tun. Wir reisen auf Siyas Strahlen. Richtig." Than konzentrierte sich.

„Wehe, wenn mir danach nur ein einziges Haar gekrümmt ist. Ich schwöre es euch: Wird nicht erste Sahne, was du dann erleben kannst, Thannimaus!" Dodi stapfte aufgeregt hin und her, nun doch erschrocken über ihren neugierigen Mut. Aber wie sagte man schon vor Tausenden von Jahren: Mitgefangen …

Ganz hellsilbrige Strahlen schossen aus Thans Pupillen, züngelten sich um Kiwi, Niva, Dodi, Lieb und sich selbst, immer noch einmal herum, wickelten die Fünf praktisch ein in ein leuchtendes rundes Etwas.

Schon bald waren sie von einem kugeligen Geflecht aus hellen, regenbogenfarbenen Lichtern umgeben, schwebten schwerelos darin herum, geborgen und sicher.

Dodi kicherte. „Na, wer sagt's denn! Hühü, Mann, gib Gas oder willst du uns hier einmotten." Die Kleine hatte einen Heidenspaß an diesem schwebenden Zustand, Angst und Unmut waren wie weggeblasen.

Than ließ die bunt funkelnde Strahlenkugel weit über den Boden steigen, holte tief Luft und ab ging die sausende Fahrt in Atem beraubendem Tempo.

Sie zischten über grüne Wiesen und Oliv farbige Wälder, folgten einen breiten Fluss so schnell, dass sie seine schaumigen Wellen nur wie gleitende, verschwommene Linien wahrnehmen konnten. Vögel kreuzten wild flatternd ihre Bahn und brachten sich, so schnell sie konnten in Sicherheit vor der zischenden, bunten Kugel, die ganz gewiss nicht an den blauen Himmel Terras gehörte.

Ein Atem beraubender, aufregender Flug! Je näher sie dem Gebirge kamen, umso dunstiger wurde es. Erst sausten sie durch hellgraue Nebelschwaden, die ihr kugeliges Fluggefährt mit sanften Berührungen streiften. Doch schon nach kurzer Zeit wurden die Schwaden giftiggelb, bräunlich, dann dunkelgrün und letztendlich nahmen sie ein unfreundliches, dunkles Anthrazit an. Mit jeder dunkleren Farbnuance wurde es für Than schwerer, die glühenden Strahlen zu erhalten. Zäh glitten sie dahin, der Flug wurde langsamer und langsamer.

Plötzlich hatten die Reisenden das Gefühl, als würden sie mitten in der Luft stecken bleiben. Atemlose Stille breitete sich in dem seltsamen Fluggerät aus und: Rums! prallte der leuchtende Ball gegen eine unsichtbare Mauer und wurde zurückgeschleudert in ein rasendes Nichts. Kiwi, Than und Niva purzelten durch die Kugel, rissen Dodi und Lieb um, die Strahlen lösten sich mit einem Zischen auf und die Insassen der vor wenigen Sekunden noch rasenden Kugel fielen aus gefährlicher Höhe der guten, alten Terra entgegen. Wild mit Armen und Beinen fuchtelnd griffen sie in die Luft und konnten keinen Halt mehr finden.

Doch sie fühlten keine Angst, sie vertrauten alle auf den Schutz Siyas, die ihnen ganz sicher auch in diesem Moment der Gefahr helfen würde.

Platsch! Platsch, platsch! Einer nach dem Anderen landete in einem See, der unter ihnen lag und der sie nun mit sprühenden Fontänen und spritzenden, kalten Wassertropfen auffing. Dodi war so erschrocken, dass sie sogar das Schimpfen vergaß, wild strampelnd hielt sie ihren Kopf über Wasser und blickte sich nach ihren großen Freunden um. „Seht nur, da vorn ist das Ufer." Nicht weit von ihnen entfernt sahen sie den grauen Strand des Gewässers vor sich liegen und schwammen, so schnell sie konnten, darauf zu. Lieb hatte Dodis Umhang gepackt und zog das bibbernde, inzwischen wieder leise zeternde Kind hinter sich her, verstört winselnd und immer wieder ängstlich nach Kiwi schauend.

Endlich hatten sie alle das rettende Ufer erreicht. Prustend und frierend und vor Erschöpfung und Kälte zitternd schauten sie sich um.

Das ganze Ufer lag voll ekligem Geröll und giftgrün fluoreszierender Knochen. Sie froren erbärmlich, so nass und kalt, wie sie aus dem Wasser gekrochen waren. Alles war hier feucht und glibschig, an ein wärmendes Feuer war überhaupt nicht zu denken.

„Hey, Kiwi, was für eine Glibbergegend!" Dodi fand als erste ihre Sprache wieder. Sie schimpfte wie ein Kutscherknecht aus der Zeit des alten Stammes. „So'n Mist! Ekelkram! Was für eine bekloppte Idee, mit euch zu reisen. Euch zu begleiten ist nicht nur anstrengend und gefährlich, das ist ja die reinste Chaosforschung, nee, nee, nee!"

Sie packte Lieb an seinem Halsband und klopfte seine Flanken. „Na wenigstens du bist zu gebrauchen, Kleiner." Gerade wollte sie Anlauf nehmen, um die nächste Schimpftirade von sich zu geben, da griff Kiwi ein, um Schlimmeres zu verhindern.

„Dodi, nun sei mal ruhig. Wir müssen sehen, dass wir irgendwie trocknen, damit wir weitergehen können. Keine Unworte mehr!"

Dodi grummelte leise etwas Undefinierbares vor sich hin und folgte den strengen aber durchaus lieb gemeinten Worten Kiwis. Kiwi und Niva froren entsetzlich. Was tun? Sogar Than zitterte vor Kälte derart, dass seine schönen, ebenmäßigen Zähne laut aufeinander klapperten.

Sie hatten die weite Reise in Sekundenschnelle hinter sich gebracht, standen nun halb erfroren am Fuße des hässlichen, unfreundlichen Berges in einer feuchten, kalten Landschaft. Lieb, der aufgeregt schnüffelnd hier und da einige Knochen begutachtet hatte, dem das kalte Wasser schnell aus dem Fell geronnen und so der Einzige war, der nicht mehr fror, setzte sich, eine Pfote hebend vor Kiwi und sah sie gelassen an. Kiwi schloss ihre Augen. Ein warmes Licht breitete sich um sie aus, umgab auch ihre Begleiter und bedeckte die immer noch tropfnassen Reisenden.

„Ich schicke euch Wärme, meine Kinder und Wohlgefühl. Vertraut mir ..." Sie alle hörten Siya sprechen. Ihre sonst so helle, liebliche Stimme klang gedämpft und ruhig, verklang abrupt, wie im dichten Nebel erstickt. Doch ihre Wärme blieb, sie umarmte Kiwi und Than genau so, wie sie sich um Dodi und Niva legte.

„Danke, Siya!" flüsterte Kiwi schwach und spürte ihre Kräfte zurückkehren. Es dauerte nicht lange, da war die kleine Gruppe trocken, ihnen war warm und ein mutiges Gefühl der Zuversicht entstand in den Köpfen der jungen Terronen.

Der letzte Kampf

„Ich guck mal, ob einer guckt", rief Dodi neugierig in die dunstige, alle Geräusche verschluckende Stille hinein und lief ohne eine Antwort abzuwarten los.

„Du kommst sofort zurück, Dodi, bleib hier, sonst gehst du uns noch verloren." Kiwi lief dem Mädchen hinterher. Als sie es beinahe erreicht hatte, prallte Dodi von einem unsichtbaren Etwas ab und landete unsanft mit ihrem Po in einem Haufen schleimiger Knochen. „Ich fass es nicht!", schrie sie entsetzt, „Was ist das denn für'n Scheiß? Ich hab das Gefühl, als wär ich gegen eine ekelhaft kalte Mauer gerannt." Sich ihr lädiertes Hinterteil reibend stand sie auf und starrte ins Nichts. „Welcher Idiot hat hier bloß Fallen aufgestellt, ich sag's ja, Deppen gibt es überall!" Sie holte tief Luft, um nach weiteren geeigneten Kraftausdrücken zu suchen, als Kiwi sie unterbrach.

„Dodi, still jetzt. Keine Unworte mehr!"

„Ich weiß, ich weiß! Wir leben im vierten Jahrtausend! Blablabla! Trotzdem alles Kack hier, beim stinkenden Haufen Sch ..."

„Dodi!" Kiwi gab ihrer Schwester zwar uneingeschränkt Recht, aber wann fruchtete nur die Erziehung, die Maja und sie der kleinen, frechen Göre angedeihen ließen?

„Ja, ja!", schmollte Dodi und gab endlich Ruhe.

Than, Niva und Lieb hatten inzwischen vorsichtig Kiwi und Dodi erreicht. Zögernd, auf eine unliebsame Überraschung wartend, streckte Than eine Hand aus und zog sie genau so schnell wieder zurück. „Igitt!" Er schüttelte sich. „Fühlt sich eisig und hart an, ekelhaft!"

Die kleine Gruppe war an der berühmten, undurchdringlichen, nach rostigem Eisen riechende Mauer des Hasses angekommen. Guruch schien schon wieder über ausreichend Kraft zu verfügen, dieses Gebilde aufrecht zu erhalten.

„Hat jemand 'n Plan, wie's jetzt weitergeht? Ich meine, nu ham wir uns schon mal hierher gemacht, muss doch irgendeine Lösung für dieses Problem geben, oder? Hühü man, in die Puschen mit euch." Dodi war ratlos. „Kiwi, los, spuck's aus, wie geht es jetzt weiter?"

Doch Kiwi zuckte nur ratlos mit den Schultern. „Lasst uns mal alle in Ruhe überlegen, mmm ..." Sie hörte Siyas Stimme in sich und nickte. Than sah seine Gefährtin besorgt an. Gab es noch Hoffnung? Eine Möglichkeit, den widerwärtigen Guruch zu finden, ihn zu besiegen?

Kiwi ließ Siya aus sich sprechen. „Bekämpft das Böse mit dem Guten, den Hass mit der Liebe. Aber seid auf der Hut, Guruch weiß, dass ihr hier seid. Er kann immer noch fühlen und riechen. Doch seine kalten Augen sind schlecht, sie werden vom Zorn und durch seine Wut vernebelt."

Siya war still. Die Menschenkinder sollten allein auf eine Lösung kommen, denn das Böse konnte jeder nur aus sich selbst heraus bekämpfen.

„Er kann nicht mehr richtig sehen?" Niva sah erleichtert aus. Sie hatte die vielleicht rettende Idee. „Ich werde versuchen, mich zu entkörpern. Wenn der Meister des Hasses mich nicht sehen kann, ist es mir eventuell möglich, uns eine kleine Öffnung zu schaffen in dieser eisigen Hülle."

„Oh ja! Mach dich mal Dünne!", quiekte Dodi begeistert. Es hatte sie wirklich beeindruckt, als Niva sich das erste Mal in ihrem Beisein unsichtbar gemacht hatte.

Niva konzentrierte sich. Angestrengt, mit wild klopfendem Herzen starrte sie auf einen Ekel erregenden Schleimhaufen der vor ihr lag. Sie musste sich vor etwas ganz schlimm gruseln, nur dann konnte sie den seltsamen Zustand des Nichts erreichen.

Niva hatte Erfolg! Sie wurde blasser und blasser, ihr Körper zunehmend unscheinbarer. Langsam wurde sie durchsichtig, ihre Konturen verschwammen, gingen über in ein hitziges, wässriges Flirren und – sie verschwand.

„Hey, biste noch da?" Dodi fand diese Vorstellung Nivas wirklich eindrucksvoll. Sie bekam keine Antwort, fühlte sich jedoch mit einem

Mal von einem geheimnisvollen Hauch umgeben und durch die diesige Luft gezogen. „Halte jetzt bitte den Mund, schscht.", konnte sie gerade noch hören. Einen nach dem anderen zog Niva durch die Mauer des Hasses, sie umgab ihre Freunde einfach mit ihrer Hülle und ließ auch sie so kurzzeitig verschwinden. Als Letzten holte sie Lieb, der bellend und jaulend bis zum Schluss vor der Mauer zurückgeblieben war.

Dicke Gänsehaut überzog die mutigen jungen Leute. Sie befanden sich nun in der gefahrvollen, eiskalten, gemeinen Welt des Bösen. Beißender Schwefelgeruch, der ihnen das Atmen zur Qual machte und dumpfe, vom Grauen erfüllte Geräusche umgaben sie. Niva kehrte langsam zu ihrer ursprünglichen Gestalt zurück, ängstlich, bleich und angestrengt sah sie aus.

Niemand von ihnen konnte auch nur ein Wort sagen, ihre Münder waren wie verschlossen durch eine Unheil bringende Macht.

`Fürchtet euch nicht, es ist Guruch, der uns die Sprache verschlagen hat. Anscheinend ist er doch schon wieder stärker, als wir angenommen haben.´, dachte Kiwi so laut sie konnte und erreichte die Gedanken ihrer Mitstreiter. `Also seid wachsam!´

`Shit happens!´, schickte Dodi zu Kiwi zurück, erntete dafür aber nur einen zurechtweisenden Blick von ihrer Schwester.

So leise sie konnten, schlichen sie sich in die vor ihnen liegende Höhle hinein. Moder! Ekel! Gestank! Eisige, spitze Kälte umgab sie.

Kiwi schauderte. `Kannst du etwas sehen, Than?´, fragte sie ihren Gefährten, der mit seinen großen schwarzen Augen nach einem begehbaren Weg suchte. Natürlich konnte er. Winzige Lichter flackerten in seinen riesigen Pupillen und schenkten ihm so die Möglichkeit des Erkennens.

`Fasst euch an den Händen, damit wir uns nicht verlieren. Nur gemeinsam sind wir stark.´ Stolpernd und immer wieder auf dem schleimigen Untergrund ausrutschend folgten Kiwi und Niva dem mit seinen Augen umhertastenden Than. Sie zogen Dodi mit sich, die Lieb fest an seinem Halsband hielt. `Ist nicht grad ´ne Sommerfrische, das

Ganze. Am liebsten würde ich den Penner spaken, bis der Fuß stecken bleibt.´

Kiwi ignorierte ihre kleine Schwester, sie benötigte all ihre Sinne, um Guruch und seine Gefahren rechtzeitig zu fühlen.

Heiseres, krächzendes Lachen drang plötzlich durch die bedrohliche Stille. Fauchendes Atmen und irres Kichern zeigten es ihnen deutlich: Sie hatten den Meister des Bösen gefunden.

„Ihr Wahnsinnigen!" Guruch nahm all seine Kraft zusammen. „Ihr dummen Taugenichtse, widerliche, kleine Würmer seid ihr. Maden! Ihr wagt es, mich in meiner Welt zu belästigen?" Wieder kicherte Guruch mit krächzender Stimme. „Kommt nur, ihr überflüssiges Pack! Traut euch in euer armseliges Ende." Grelles Lachen hallte durch die düstere Höhle, prallte von Wand zu Wand und erzeugte ein grausam dröhnendes, schauriges Echo. Es dauerte sehr lange, bis die dumpfe Stille wieder einkehrte. Than blickte in den Winkel, aus dem die bedrohlichen Worte gekommen waren.

Er war leer, kein Guruch mehr zu sehen. Kurz vor den wie angewurzelt auf einem Fleck stehenden, zitternden jungen Terronen war ein schlurfendes, schleimig-rutschendes Geräusch zu hören.

`Achtung, Than. Pass auf, vor dir!´ Than blickte auf den modrigen Boden vor seinen Füßen und erkannte Guruch. Seine Augen schmerzten bei diesem Anblick, der Hass, die Qual und die Gemeinheit, die der Meister des Zorns und der Wut auch in seinem verletzten Zustand noch bot, waren kaum zu ertragen.

Than nahm seinen ganzen Mut zusammen. Der ätzende Eindruck des Hasses in Person zehrte gewaltig an seinen Kräften. Ohne das ekelhafte Bündel aus den Augen zu lassen gab er alles, um die rettenden Strahlen aus seinen Pupillen entstehen zu lassen.

„Du bist ein Schwächling, ein Wurm!", kreischte Guruch und seine Stimme überschlug sich. „Wage es, du ekelhaftes Terronenbiest!" Guruch schrie und tobte. Seine noch anfänglich zu verstehenden Worte gingen jedoch im Getöse des entstehenden, von den üblen Gemeinheiten

Guruchs erfüllten Echos unter. Große, morsche Felsbrocken polterten um Kiwi und ihre Freunde herum zu Boden. Zu alt und zu porös, um sich dem starken Hall zu widersetzen. Riesige, schwarz behaarte, grell kreischende Fledermäuse stoben aus den tösenden Gewölben, flatterten wild und wie irre um die Köpfe der Eindringlinge und streiften sie mit den eiskalten Häuten ihrer Flügel. Magere, langhaarige, Schleim überzogene Ratten wimmelten in aufgescheuchter Panik um die Kämpfer herum, quiekend einen Weg in die Sicherheit suchend.

Ein unglaublicher Lärm brach aus, Guruchs Kreischen erreichte Thans Ohr nicht mehr. In genau diesem Moment schossen dicke, grell leuchtende, grüne Strahlen aus den Pupillen Thans, zischten durch die zusammenfallende Höhle, packten Guruch wie mit starken Händen, umschlangen ihn und schleuderten ihn in sicherem Abstand gegen die zerklüftete Decke der bröckeligen, feuchten Behausung des Hasses.

Dort schwebte er, von den engen, schnürenden Schlingen gehalten, hilflos und ohne Hoffnung auf Erlösung aus seiner misslichen Lage, in der nach Tod stinkenden Luft.

'Halte ihn, Than, lass ihn nicht los.' Kiwi schrie förmlich in Gedanken, immer noch Niva und Dodi festhaltend.

'Äh, wat für'n fieser Penner. So 'n richtiger Grufti, Than! Halt uns den Typen bloß vom Leib.' Laut und deutlich konnte Kiwi Dodi hören und gab es ohne Zensur an Than weiter. Than konzentrierte sich. Er fühlte seine Kräfte wachsen. Noch war der Kampf nicht gewonnen.

Blechern kamen zeternde Geräusche aus den Fängen der Schlingen. „Sauuuukh! Rache!!!" Giftgrünen Schleim sabbernd krächzte Guruch in seiner Hilflosigkeit. „Sauuuukh!"

Kiwi drehte sich zu Dodi, eine spinnenfingrige, grünlichfahle Hand zerrte an dem Fuß des kleinen Mädchens und versuchte, es von den anderen mit roher, bösartiger Gewalt weg zu zerren. Stumm sprang Lieb hoch, aufgeschreckt von der Angst um Dodi und rannte zu ihr hin.

Von der Decke der Höhle klang hysterisches Kichern. „Fasssss!"

Lieb zog seine Lefzen hoch und zeigte seine langen, scharfen Zähne.

Kein Geräusch drang aus seinem Maul, doch seine Augen blickten bedrohlich und aggressiv um sich. „Jaaaa! Fasssss!", zischte Guruch noch einmal und Kiwi wurde ganz übel bei dem Gedanken, den Meister des Bösen noch länger zu ertragen. Sie war wie gelähmt und beobachtet mit Entsetzen, was sich da vor ihr im schummrigen, langsam jedoch etwas heller werdenden Licht abspielte.

Lieb spannte sich, sammelte alle seine Kräfte und setzte zum Sprung an. Er drückte sich aus dem Glibberboden, flog in weitem, geschmeidigem Bogen durch die Luft auf Dodi zu. Dodi trat wild um sich, zappelnd versuchte sie, nach der gespenstischen Hand zu treten.

`Nein, tu ihr nichts´, dachte Niva erschüttert in panischer Angst um das Kind vom alten Stamm. `Sie ist doch noch so klein ...´

Lieb landete auf einem stinkenden, pulsierenden Lumpengebilde, aus dem sich die bleiche Hand streckte. Dünne, eklige lange Finger mit zerklüfteten, dreckigen Nägeln hatten sich um Dodis Fußgelenk geklammert und versuchten immer noch, das Kind in ihre Gewalt zu bekommen. Mit einer unglaublich schnellen, zupackenden Bewegung hatte Lieb den pochenden Lumpen mit seinen Zähnen gepackt. Tief gruben sie sich in den stinkenden Fetzen. Lieb begann, das schaurige Etwas hin und her zu schleudern, so lange, bis schwarze Dämpfe daraus hervor stiegen und die bleiche, Ekel erregende Hand Dodi losließ. Zischend versickerte das gespenstische Gebilde im schleimigen Boden der Höhle.

„Nein! Du solltest doch nicht meinen Diener beißen, dämlicher Köter. Saukh! Du hast mich verlassen. Verräter!", keifte Guruch von der Decke herab.

„Blöder Kerl! Halt die Schnauze da oben, sonst setzt es was. Bist eh schon lange fällig! Upps ..." Dodi, eben noch voller Panik und vor Angst halb bewusstlos, konnte wieder sprechen. Kiwi wusste es sofort: Guruchs Macht war gebrochen.

„Und was machen wir nun?" Immer noch einigermaßen ratlos sah Kiwi ihre Freunde an. „Komm her, Lieb. Das hast du fein gemacht, brav!" Sie klopfte das sogar im schummrigen Licht der Höhle glänzende

Fell des Hundes. Lieb nieste und schüttelte sich, seine Nackenhaare waren immer noch ein wenig gesträubt.

„Than, halte durch, kannst du den Bösen noch ein wenig länger bändigen?" Kiwi war besorgt um ihren Gefährten. „Wir werden jetzt erst mal die Höhle verlassen, ja?"

„Klar, nichts wie wech hier. Wartet, ich lass meine Sommersprossen glühen, dann haben wir ein wenig mehr Licht." Dodi strengte sich sehr an. Ganz grell ließ sie die vielen Pünktchen in ihrem Gesicht leuchten und grinste. „Wer sagt's denn? Geht doch noch!"

Than schliff Guruch in der Luft hinter sich her. Als sie die Höhle verließen, schien ihnen eine strahlende Sonne entgegen. Die Mauer des Hasses war wie vom Erdboden verschluckt und behinderte die kleine Gruppe nicht mehr.

Die eisige Stille war den beruhigenden Geräuschen der Natur gewichen, unterbrochen nur durch das immer schwächer werdende Gejammer Guruchs. Um sich spuckend und matt zeternd versuchte er immer wieder, seinen Fesseln zu entkommen.

„Gib mir deinen Umhang, Dodi!", bat Kiwi ihre Schwester, die langsam wieder ein wenig Farbe um ihre Sommersprossen entwickelte. „Es ist warm, du brauchst ihn nicht mehr."

„Na gut, wenn's denn sein muss!", murrte Dodi und reichte das verschmutzte Tuch ihrer Schwester. Kiwi breitete den Umhang aus. Sie stellte sich an den Rand des Stoffes, hob ihre Hände und sah zum blauen Himmel hinauf.

„Siya! Gib uns die Kraft und schenke uns deine Güte!"

Ein goldener Nebel entstand über dem Umhang und senkte sich langsam, jede einzelne Faser erfassend, auf den Stoff. Dort zog der Nebel tief in das Gewebe ein, eine glänzendes, golden schimmerndes Tuch entstand.

„Ich gebe euch Vertrauen und Güte, meine Kinder."

Kiwi wies auf das am Boden liegende Tuch. „Than, lege Guruch auf diesen Stoff, wir werden ihn darin einhüllen!"

Than hatte verstanden. Liebe und Güte, nur sie waren in der Lage, Guruch zu lähmen und dem Hass mit Hoffnung zu begegnen. Zielsicher legte Than seinen widerwärtigen Gegner mitten auf das Tuch. Mit aller Schnelligkeit, die Kiwi, Niva und Dodi nur aufbringen konnten, stürzten sie sich auf den kraftlosen, stinkenden Guruch und schnürten ihn zu einem winzigen Bündel zusammen. Than lächelte und die glühenden Fesseln wurden matter und matter und verschwanden leise zischend.

Erleichtert und am Ende ihrer Kräfte fielen Kiwi und Than, Dodi und Niva sich in die Arme. Sie lachten und kicherten und freuten sich zu ihrem Sieg. Endlich war es geschafft. Lieb rannte bellend um seine tapferen Freunde herum und konnte sich kaum beruhigen.

„Blödmann! Hat meinen schönen Umhang an, ich fass es nicht!" Dodi tat sehr beleidigt, doch jeder von ihnen wusste, dass sie es nicht so meinte. Auch die kleine Göre war froh, dass Guruch erst einmal sicher verstaut war.

„Lieb, mein tapferer, braver Hund! Wache du nun über Guruch. Wir müssen uns jetzt ausruhen und unsere Kräfte sammeln." Kiwi war sehr erschöpft von dem Kampf. Die Sonne senkte sich am Horizont, und endlich, nach Tausenden von Jahren, konnte man am Himmel über der Höhle des Hasses Milliarden von Sternen blinken sehen. Das Bündel rührte sich nicht mehr.

Das Mahnmal der Güte

Ganz früh am Morgen erwachten die Gefährten. Sie waren ausgeruht und wieder bei Kräften. „Wie weit wohl der Kerker für Guruch ist?" Niva sah Kiwi fragend an. Nachdenklich ging Kiwi in sich. Sie schickte ihre Gedanken zuerst zu Maja und schenkte ihr beruhigende Gefühle. Dann konzentrierte sie sich auf Xenos. Vor ihrem inneren Auge entstand ein gewaltig hoher Turm, um den unzählig viele Terronen, fleißig wie kleinen Ameisen, herumwimmelten. Rötlich strahlte der kupferne Bau in der Sonne auf der Insel zwischen den tiefen Meeren. Gerade eben war die letzte Hand an das Gefängnis des Bösen gelegt worden, gewaltig und bedrohlich streckte sich das Bauwerk zum Himmel.

„Na? Wat siehste? Nu sag schon, Kiwi, alles paletti?" Dodi hatte inzwischen ein sicheres Gefühl für die Gedankenreisen und die Orakelkräfte ihrer Schwester bekommen.

Kiwi nickte. „Than, meinst du, du kannst uns noch mal eine Reisekugel bauen? Ich glaube, das ist am einfachsten." Than nickte. Das goldene Bündel wurde sicherheitshalber noch einmal in zwei extra starke Strahlen verpackt und bald zischte die mutige kleine Truppe los.

Kurz darauf schwebten sie langsam und vorsichtig zur Erde nieder, direkt auf der Insel, auf welcher der gewaltige Turm in so kurzer Zeit entstanden war, landeten sie vor dem monströsen Bau.

Die Terronen klatschten rasenden Beifall: Ihre Helden waren heil zurückgekehrt vom letzten Kampf gegen das Böse, der Frieden und die Zukunft waren gesichert.

Xenos umarmte Kiwi, er war froh, dass der Tochter Majas und ihren Gefährten nichts zugestoßen war. Auch Maja war da, beruhigt und glücklich lächelte sie ihre hübsche Tochter stolz an und ließ sich in Kurzfassung von dem gefährlichen Abenteuer berichten.

Than hob das am Boden liegende, gut verschnürte Bündel auf.

Vorsichtig ließ er die Strahlen verblassen, hob das goldene Päckchen jetzt in seinen Händen haltend weit sichtbar über seinen Kopf.

„Lasst uns den Hass begraben!", rief er weithin hörbar in die Menschenmenge und schritt auf den kleinen Einlass des riesigen Bauwerks zu.

Sehr dunkel war es in dem Kerker, stickig und feucht. Mitten im dunklen Innern des Turms legte Than das bewegungslose Bündel nieder. Er war unglaublich erleichtert, als er wieder ohne die bösartige Last ins Licht der Sonne trat.

So schnell es nur ging, wurde der Eingang mit starken Lasern verschweißt. Nicht ein Sonnenstrahl konnte durch die Hülle dringen, kein Luftzug rührte sich im Turm. Das Böse brauchte keine Luft, kein Licht und keine Nahrung.

Es war vollendet. Schweigend standen die vielen Terronen vor dem Mahnmal, das jetzt der einzige Ort auf Terra war, an dem man noch das Böse erahnen konnte.

„Meine Kinder!" Klar konnte jeder, der anwesend war, Siyas Stimme vernehmen. „Ihr habt aus euch selbst heraus den Hass und das Böse bezwungen. So seid ihr auch stark genug, die Liebe zu erhalten."

Jubel brach aus. Friede! Die Zukunft lag strahlend vor den Terronen, sie hatten ihre Lektion gelernt. Bis in die Nacht hinein wurde gefeiert und gelacht. Die Räte beschlossen, diesen denkwürdigen Tag als Kiwi Tag und Tag der jungen Helden zu ehren und ihn jedes Jahr neu mit rauschenden Festen zu feiern.

Kiwi und Than waren überglücklich. Endlich hatten sie Zeit für sich, der Kampf war vorbei. Niva wurde von ihren Eltern nicht ohne Stolz freudig begrüßt und auch Arc nahm sie liebevoll und erleichtert in seine Arme. Er gab ihr einen schüchternen Kuss auf die Wange und strahlte nur noch.

Dodi und Lieb saßen mitten in der Menschenmenge und kuschelten miteinander. „Wat für ein Zirkus. Aber wir haben es geschafft, waren doch echt Dinge, die die Welt nicht braucht!"

Maja und Xenos standen etwas abseits. Xenos wurde schon von seinem Gleiter erwartet, seine Arbeit auf Andromeda rief ihn in die Pflicht.

„Danke Xenos." Maja umarmte den Mann, der ihr so viel gegeben hatte.

Xenos zog Maja noch einmal an sich. Dann verließ er sie. Kurz bevor er den Gleiter bestieg, drehte er sich noch einmal um. Er hob seine Hand und winkte Maja zum Abschied wehmütig zu. „Auf Wiedersehen, Maja! Ich werde dich nie vergessen."

Schon bald war der Gleiter nur noch ein kleiner Punkt am Himmel. Doch Maja war nicht traurig. Der Kampf war gewonnen, das Leben lag lachend vor allen Terronen und: Terra war jetzt frei für eine Zukunft mit vielen neuen Träumen, auch für sie.

Sternenträume – greift ruhig nach ihnen, sie sind oft ein Anfang.